天使たちの課外活動10

レティシアの奇跡

茅田砂胡
Sunako Kayata

口絵・挿画　鈴木理華

天使たちの課外活動10

レティシアの奇跡

ヴァンツァー・ファロット●プライツィヒ高校二年A組所属　相当複雑な事情で、元凄腕の暗殺者

ランドルフ・カーター●通称ランディ、二年A組の生徒　元有名子役

ベアテ・ノルマン●二年A組の生徒

スティーブ・バリー●二年A組の生徒、舞台上で右足を骨折

マイケル・ケント●通称ミック、二年A組の生徒

ローズ・アボット●二年A組の生徒で級議員

◎『極光城（オーロラ）の魔法使い』キャラクター

アウレーリオ　アウローラ

ランディ・スター●ランドルフ・カーターの芸名

ハドリー・クイン●ランドルフ・カーターの父の芸名

ロジャー・カーター●ランドルフ・カーターの父

レジーナ・ウッド●ランドルフ・カーターの祖母の芸名

ジンジャー・ブレッド●大女優

ニック・ハリソン●舞台『レベッカ』のプロデューサー

ユージン・ラングフォード●プライツィヒ高校三年首席にして、級議長（他校における生徒会長）

シドニー・エイブリー●プライツィヒ高校三年　演劇部の部長

ジョン・ホプキンス●通称ホップス、シドニーの元同級生

ケヴィン・トーマス●聖グロリアス病院の入院患者

エリック・コール●聖グロリアス病院の入院患者

トミー・フライ●聖グロリアス病院の入院患者

ジョン・タッカー●聖グロリアス病院の入院患者

ケント・ヘイワード●聖グロリアス病院の入院患者、ケヴィンと同室

登場人物

リィ(エディ/ヴィッキー/王妃)●アイクライン校の中学二年生　かなり複雑な理由で、一流の戦士の腕と魂を持っている

シェラ・ファロット●アイクライン校中学二年生　とても複雑な理由で暗殺技術は超一流

ルーファス・ラヴィー(ルーファ/ルウ)●サフノスク大学構造学科所属　実は宇宙創造にかかわる人外生命体

ライジャ・ストーク・サリザン●惑星トゥルークの僧侶　ルウの友人

レティシア・ファロット(レティー/レット)●チェーサー高校二年生、セム大学医学部にも所属　ものすごく複雑な理由で元暗殺者一族の最優秀暗殺者

ジョン・チャンピオン●通称チャンプ、セム大医学部の専門授業科目（セミナー）の班長

マージョリー・プライム●通称マージ、セミナーを受講する女学生

チェルシー・レイン●セミナーを受講する女学生

サンドラ・ビショップ●通称サンディ、セミナーを受講する女学生

ブルース・バトラー●セミナーを受講する男子学生

クリフォード・ラッシュ●セミナーを受講する男子学生

ギルバート・ケイヒル●セミナーを受講する男子学生

チャド・クロウリー●セミナーを受講する男子学生

エイデン・パーカー●セム大の名物教授、セミナーの主宰者

◎『新春の朝』キャラクター

少年　親類の夫婦（ジャック）　両親と妹（ジェニー）

少女（マリア）

エイミー・スワン●聖グロリアス病院の入院患者
レベッカ・ヒル●通称ベッキー、聖グロリアス病院の看護師
モナ●聖グロリアス病院の看護師
アリス・デイモン●通称ビッグママ、聖グロリアス病院の看護師長
ヘルマン・シュミット●教授、医学界のスーパースター
ベンソン●ヘルマン・シュミットの助手
デューク●猟奇殺人の関係者
ニコラ●猟奇殺人の関係者

セオドア●ジョン・チャンピオンの養父
ブライズ●ジョン・チャンピオンの養母
ウィリー●ジョン・チャンピオンの弟
メロディ●ジョン・チャンピオンの妹
ウィリアム・チャンピオン●通称ビル、ジョン・チャンピオンの実父
カレン●旧姓はダーリング、ジョン・チャンピオンの実母
ルーシー●ジョン・チャンピオンの実妹
マイク・エアハート●ジョン・チャンピオンの家族の事故の関係者

レオン・ヴォルフ●百年に一人の天才と言われるヴァイオリニスト
アドレイヤ・サリース・ゴオラン●ライジャ・ストーク・サリザンの師
ジルダ・アルヴィン・ドルガン●ヴィルジニエ僧院の大師
ディオルク・ボリス・ドルガン●メルボルト僧院の大師
アレフ・サーナン・ドルガン●メルボルト僧院きっての弦の名手にして楽聖
ロムリス夫妻●ライジャ・ストーク・サリザンの両親

1

校門を目指す人の流れに身を任せながら、リィは感心したように言った。

「あいつ、ちゃんと演技できるんだな」

昨日に続いて今日も訪れたプライツィヒ高等学校、その学園祭最終日が終わろうとしている。

横を歩いていたルウも頷いている。

「かっこよかったよね。女の子は誰でも彼に夢中になるんじゃない？」

二人が話しているのは今見てきたヴァンツァーの芝居のことだ。騎士に扮したヴァンツァーは日頃の無愛想が嘘のような笑顔と気品のある物腰、何より生来の美貌で女性客を虜にしていた。

リィが笑って言う。

「だけど、本人は自分を好きじゃない女の子にしか好意を持てないんだろう？」

ルウも苦笑している。

「贅沢な悩みだよねえ……」

シェラは一人、複雑な顔だった。

こちらへ近づいてくる人影を見つけて、その顔が決定的に苦い顔になる。

レティシアだった。

「よ、またしてもおそろいじゃん。昨日も来たのに、熱心だよな」

リィが笑って言い返す。

「おまえが言うか？」

シェラは、そっと独り言ちている。

「何の因果で、二日続けておまえの顔を見なくてはならないんだ……」

「聞こえてるぜ、お嬢ちゃん」

レティシアはおもしろそうに笑っていたが、突然、その彼に声が掛かった。

「レットじゃないか！」

「あれえ、班長」

レティシアは本当に意外そうな声を発した。

それは相手も同様だったらしい。

「ここで会うとは思わなかったぞ」

笑顔でレティシアに話しかけてきたのは、立派な体つきの青年だった。金髪碧眼、なかなかの色男だ。

身体が大きいので大人びて見えるが、眼の輝きは子どものように無邪気で溌剌としている。

レティシアの傍に立っていたリィとシェラを見て、ますます楽しそうな笑顔で言ってきた。

「おお、美少女だな！　ガールフレンドか？」

二人ともすかさず反論した。

「それを言うなら美少年」

「この男とは友達ですらありません」

リィはともかくシェラは氷のような声だったのに、少しも気にしていないらしい。

眼を丸くして、ますます楽しげな笑い声を立てた。

「美少年か！　それは失敬した」

レティシアは青年を紹介した。

「こいつはジョン。ジョン・チャンピオン。俺より三年も上だけど、セム大の同級生で専門授業科目の班長な。こっちは——っとヴィッキーでいいのか？

それと、お嬢ちゃん。そっちは二人の保護者」

ヴィッキーというのはリィの『対人間用』の名前である。頷いて、気のよさそうな大男に会釈したが、シェラは憤然とした口調で訂正した。

「シェラ・ファロットです」

人の紹介を『お嬢ちゃん』で済ませるなと怒りを込めて名乗ったわけだが、ジョンは別のことが気になったらしい。真顔でレティシアに問い質した。

「この子は美少年なんだろう？　それなのに、なぜお嬢ちゃんなんだ？」

「だってよ。そいつ、見てみろよ。どう間違っても『お坊ちゃん』って感じじゃないだろう」

「なるほど。——きみと同じ名字だが、親戚か？」

「赤の他人」

シェラとレティシアの声が見事に揃い、シェラはその後に「です！」と力強く付け加えた。

漫才のようなやりとりである。

ルウが笑いを噛み殺しながら名乗った。

「ぼくはルーファス・ラヴィー。よろしく」

ジョンの青い眼がまじまじとルウを見つめてくる。

初対面の相手に対して、いささか無遠慮には違いないが、よく輝く瞳に悪意は微塵も感じられない。

少なくともルウは不快には思わなかった。

相手もルウに好感を持ったらしい。

屈託のない笑顔で尋ねてきた。

「こちらはまた性別不詳だが、美青年か？」

「だよ。一応男。そういうジョンも男前だよね」

ルウも笑って言う。

ジョンは再びレティシアに視線を戻した。

底抜けの明るさの中にも優しさの籠もる眼差しだ。

「どうしてここに？」

「知り合いがいるんだよ。班長は？」

「母校だ」

「——ここの卒業生？」

レティシアは眼を丸くした。

ジョンは何がそんなに楽しいのか、高らかに笑い声を上げている。

「きみは友達が少ないんじゃないかと、実は密かに心配していたが、杞憂だったようだな」

「そうかあ？　俺、人付き合いはいいほうだぜ」

「いいや。それなら班の顔ぶれとも、もっと親密につきあってくれてもいいだろう」

「冷たくした覚えはねえんだけど」

「そうだな。俺も冷たくされた覚えはない」

「何だよそれ……」

「だが、せっかく同じ班になったのだから、もっと親しくなりたい！」

「……力説するなって」

金銀黒の三人は生温かい眼でその様子を見ていた。

同じ班とはいえ、年上にいじられるレティシアが新鮮だったというのもあるが、それ以前に――。

ジョンの態度から、彼がレティシアに抱いている感情がどんなものか、容易に想像できたからだ。

三人は無言で眼と眼を見交わしたのである。

(この人、レティーを可愛いと思ってるよな?)

(勘違いも甚だしい。それは小動物ではありません。

『さわるな危険』の劇物です)

(見た目だけなら小さくて弱そうだもんねえ……)

この『弱そう』は間違っても『弱々しい』という意味ではない。たとえるなら愛玩用の小型犬を表現する時に使う『弱い』だ。

本人(犬)は至って健康で、元気よく走り回っていても、もともと身体が小さく、骨格も華奢なので、気をつけていないと、すぐ怪我をする。

小柄なレティシアはジョンと並ぶと、頭一つ分も背丈が違う。身体の厚みも幅も半分くらい、は言い過ぎとしても、体格に差がありすぎる。

現に今のジョンは、使役作業用の立派な大型犬が、やんちゃな小型犬を見守っているような感すらある。

「俺は大きいお兄ちゃんだからな。この小さい子が無茶しないように、ちゃんと見ていないと!」

いや、その子、間違っても弱くないから……。

きみたち大型犬が団体で襲いかかったとしても、一瞬で負けるのは団体さんのほうだから……。

という三人の心境はジョンには伝わらない。

気の毒そうな眼で見られていることには気づかず、ジョンは三人に対しても、親切に言ってきた。

「セム大の大学祭にもぜひ来てくれ。俺たちの班はレットが主役の劇をやるんだ」

既にその件について三人に相談していたことなど微塵も感じさせず、レティシアは大げさに頷いた。

「そうなんだよ。せっかく主役に抜擢されたのに、俺、演技が下手くそでさあ。今のところ、駄目出しばっかり食らってるんだ」

「何を言う。まだ始めたばかりじゃないか。大丈夫。

きみならできるとも。――それじゃあ、また明日」

「ああ、明日な」

ジョンは最後まで明るい笑顔で離れて行った。

レティシアはやれやれと肩をすくめている。

ルウがちょっぴり同情する口調で尋ねた。

「今の人が専門授業科目の班長？」

「そ。あのとおり、悪いやつじゃないんだが……」

リィが慎重に感想を述べる。

「いい人なのはわかるけど、ちょっと暑苦しいかもしれないな」

「ちょっとどころの騒ぎじゃねえって。ありゃあ、究極の根明人間だ。あの調子で、まあ、めげない、折れない、譲らない」

ルウは励ますように言った。

「話のわからない人じゃないとは思うけど」

「いいや、そいつもかなり怪しいぜ」

レティシアは珍しく顔をしかめている。

「本人に悪気がないだけに質が悪くてよ。人の話を聞いてねえなって、よく思うぜ」

シェラが慎重に口を開いた。

「あの人、将来は診療医を目指しているとしたら、小児科は避けたほうが無難かもしれない」

「お、鋭いじゃねえか、お嬢ちゃん」

リィは首を捻っている。

「子どもには懐かれるんじゃないか？」

シェラは複雑な顔で首を振った。

「元気な子どもならそうです。ああいう陽気な人が好きでしょうが、弱っている子どもですよ？」

ルウも苦笑している。

「ちょっとした風邪くらいならまだいいよ。だけど、重い病気や怪我をして気持ちが滅入っている時に、あの勢いで迫ってこられたら、きついかもね」

レティシアはおもむろに頷いた。

「この間の訪問実習がまさにそうだったんだよ」

「え？　きみたち、もう患者さんを診るの？」

「まさか。研修医としての実習じゃねえよ。第一、俺たちはまだ予科生だ。医師免許もないんだから、診療行為はできねえって」

　レティシアは少々複雑な学生生活を送っている。彼はチェーサー高校の二年生であると同時にセム大学の医学専攻科の二年生でもある。

　正しくは、実際の身分は高校生で、医学専攻科に『間借り』をしているという状態だ。

　普通なら、こんな学習形態は認められない。

　レティシアの場合は、彼が一種の避難民であるということが考慮されたのだ。

　彼は自分の意思で留学してきたわけではない。

　天涯孤独の身で、育成支援団体に保護される形で、連邦大学惑星（ティラ・ボーン）に来た（という設定になっている）。

　本人は医療を学びたいと強く希望している。加えてかなりの辺境出身で、中央宇宙の常識には極めて疎い。

　そこで、本人の学習意欲は認めつつ、同じ年頃の生徒たちとの交流も必要だろうという連邦大学委員会の判断で、間借りが決まったのだ。

　もっとも、医学専攻科には違いなくても、最初の二年は予備科という扱いだ。その間に、みっちりと基礎医学を学ぶ。次に本科が二年、この間に診療に進むか、研究に進むかを選択する。さらに二年間の専攻科を修めた後、医学大学院に進まないと、医師免許は取れない。

　この間、授業についていけなかったら、容赦なくふるい落とされる。

　レティシアは無事に予科の一年を終えて、二年に進級したのだから、優秀には違いない。

　リィが尋ねた。

「医師免許がないのに実習って、何をするんだ？」

「主な目的は見学だな。医者が患者にどんなふうに接しているのか、現場の様子を実際に見て、知識を得るんだと。――あとは患者の話し相手もやった」

「医者じゃないのに？」

「病気になった人間はやっぱり、普通とはちょっと精神状態が違ってくるからな。――教授が言うには、『きみたちは学生で医者でも何でもない。はっきり言えば、医者になるかもしれないただの素人（しろうと）だが、それがある意味、好都合』なんだとよ」

　話はまだ続きそうだったので、四人は校門を出たところにあったカフェに腰を落ち着けた。

　シェラはものすごく苦い顔だったが、相方たちに合わせて、大人しく座っている。

「お腹空（す）いたから軽く食べていこう」

　そう言ってリィが注文したのは、ハンバーガーにサンドイッチ、フライドチキンである。

　レティシアは呆（あき）れて言った。

「それで軽いわけ？」

「一応」

　ルウはお茶の他にドーナツを頼んでいた。

　シェラはお茶のみ、レティシアは珈琲（コーヒー）を頼んで、教授の言葉を皆に伝えた。

「患者ってのはただでさえ立場が弱い存在なんだと。そりゃあ中には無闇（むやみ）やたらに医者に噛みついてくる怪物患者（モンスターペイシェント）もいるが、変な話、そういうのはまだ元気な患者の部類で、本当に深刻な状態になると、医者に萎縮（いしゅく）して、うまく話のできない患者もいる。だから先入観なしで、親身になって患者の話を聞く。今の治療方針に満足しているのか、何か不安に思うことや疑問があるか、あるとしたらどんなことか、聞いてこいってわけさ」

　リィが疑わしそうに尋ねる。

「カウンセリングってことか？」

「俺たちは無資格だからなあ。厳密（げんみつ）には違うけど、まあ、そんな感じじゃね？」

　シェラは苦虫を噛（か）み潰（つぶ）したような顔で呟（つぶや）いた。

「……病人が暗殺者に身上相談（カウンセリング）？」

　ルウは苦笑している。

「聞いてもらうだけで安心する人もいると思うよ。『病（やまい）は気から』なんていう言葉もあるくらいだから。患者さんが不安いっぱいな精神状態で過ごすのと、比較的安定している状態で過ごすことを比べたら、安定しているほうがいいに決まってる」

　レティシアは大きく頷いた。

「うちの教授の言い分がまさにそれなんだ」

　エイデン・パーカー教授はセム大の名物教授で、『患部を診る前に患者を診ろ』という方針だそうだ。

「怪我や病気になった患者はどういう心境なのか、どういう立場の存在なのか、そこんところを、まず理解しろってわけ。患者と信頼関係を築かなくては治療はできない――とも言ってたな」

　こう聞くとかなりの人情家のようだが、パーカー教授はある意味、非常にドライでもあった。

　ただし――と受講生を見渡して続けたそうだ。

「現実的に一人の患者に掛けられる時間は限られる。速攻で患者に信頼されるように心がけるんだ」

　受講生はレティシアを含めて九人。

『見るからに真面目そうな優等生』の女学生が手を上げて質問する。

「患者に信頼されるようになるには、どんな方法が効果的ですか？」

「いい質問だ。ミス・プライム。――同時に難しい質問でもある。わたしからの助言としては接客業のバイトをすることをお勧めする」

　学生たちはきょとんとなった。

「接客……ですか？」

「そうだ。飲食でも、小売りでもいいが、なるべく多くの客と接し、客の嗜好が反映されるものがいいだろう。相対した客がどんな性格の人間か、どんなものを好むのか、瞬時に見抜く訓練になる」

　学生たちは面食らって顔を見合わせた。

「瞬時になんて、無理ですよ」

「わたしたちは特異能力者じゃありません」

　教授は笑って言い返した。

「客の心を読めと言うつもりはない。だが、現実に、客には歴然とした好みがある。初対面でも親しげに話しかけてくる店員に対して『友達みたいで何でも相談できそう』と好感を覚える客もいれば、『接客業なのに馴れ馴れしい』と嫌悪する客もいる。この第一印象がたいせつなんだ。これが悪いと、その後、挽回するのは至難の業だ」

　ここでレティシアが発言した。

「それって、患者にも『こんな医者がいい』って、好みがあるってことですか？」

「そのとおりだ。ミスタ・ファロット」

　教授は頷いて、別の女学生に質問した。

「ミス・レイン。きみは子どもの頃から今日まで、どんな医者にかかってきたか、覚えているかね？」

『愛嬌のある丸顔』の女学生は戸惑い顔になった。

「えっと、いろんな人がいましたけど」

「具体的には？　どの医師が印象に残っている？」

「優しかった人ですかね、やっぱり……」

「きみはどうかな？　ミス・ビショップ」

　ちょっと『お高くとまった』感じのする女学生は、昂然と頭を上げて答えた。

「わたしなら、医師の人柄よりも能力を重視します。外科なら特に。手術経験も成功率も、今なら簡単に調べられるんですから」

「外科以外の医師は？　優秀かどうか、どうやって判断するのかね？」

「診療医の評価も記録に残ります」

「では、患者が閲覧できるその評価は誰がする？　同僚の医師か？　違うね。確かに同僚の医師や看護師らによる評価もあるが、そうした資料は内部に留まり、患者には公開されない。患者が見られるのは実際に医師と接した他の患者たちが下す評価だ」

　女学生は言葉に詰まり、代わりに『色白で身体の大きい、もっさりした感じ』の男子学生が発言した。

「そうは言っても、患者は医療の素人です。医師の能力の善し悪しなど、わからないのでは？」

「そのとおりだ。ミスタ・バトラー」

　と教授は言った。

「素人だからこそ、専門家の視点からすると『そんなことで？』と驚くような基準で医師の評価をする。十人の患者がいたら、十通りの『理想の医者』がいると思いたまえ。ミス・レインのように優しそうな医者を好む患者が多いのは確かだが、逆にいかにも気むずかしそうな、権威的に専門用語を並べ立てる医者に頼もしさを感じて信頼する患者もいる」

この言葉を聞いて、リィは不思議そうに言った。

「変わった趣味だな」

レティシアが笑って首を振る。

「それがそうでもない。特に社会的地位の高い男や、年配の女には、よくこの傾向が見られるんだと」

「へえ……」

教授は続けて言ったそうだ。

「そのくらい、第一印象というものは軽視できない。患者にとって、医師の技倆や経験はその後なんだ」

本当に医学部？　と首を傾げたくなるほど体格の立派な『運動選手のような』男子学生が発言する。

「患者の心証を害するなということでしょうか？　医療とは無関係な事柄に思えますが」

美男ではあるものの表情が硬く、小さな子どもが泣き出しそうな迫力の『真っ黒に日焼けした』男子学生も仏頂面で反論した。

「納得できません。患者の心理状態を把握するのは看護師の担当業務のはずです」

「確かに、医療界にはそういう見解もある。しかし、ミスタ・ラッシュ、ミスタ・ケイヒル。質問するが、実際に患者を治療するのは誰だ？　看護師かね？」

「医師です」

色黒の学生が苦虫を嚙み潰したような顔で言った。

「そうだ。もし、きみが診療医の道を選ぶのなら、いやでも患者という『人間』と相対することになる。――患者にも患部にも、患者の人生にも興味はない。ただ病理組織や医学的資料に集中し、没頭したいというのであれば、わたしはきみに診療医は勧めない。研究医を目指すのが、きみ自身と患者のためだ」

ここまでの経緯を聞いて、ルウは尋ねた。

「パーカー教授は何が専門なの?」

「医者専門の精神科」

「なるほど……」

「この科目を取ったのは、こっちでの医者ってのはどういう立場なのかと思ったからさ。——俺のいたところじゃあ、神さまか妖術師だったからな」

　教授は学生たちに、『医師としての心構え』とは何か、医師はどういう立ち位置で患者に臨むべきか、いわば精神的な部分を考えさせようとしている。

「医師は患部を、看護師は患者を診る。医療現場のその風潮は、医師が激務であることにも原因がある。現実に、一人の患者にそれほど時間は掛けられない。しかし、わたしなら、信頼できない医師に担当してもらいたいとは思わない。何より、患者には医師を選ぶ権利がある。圧倒的医師不足で、患者に選択の余地がなかった——もしくは難しかった旧時代ならともかく、現代のきみたちが診療に当たるためには、まず患者に選ばれる必要があるんだ」

　教授は学生たちを見渡して続けた。

「指導する立場として率直な意見を述べるとしよう。一人の学生を一人の医師に育てるには、たいへんな時間と労力が掛かる。きみたちにとっては、莫大な学費も掛かる。そこまでの労力を費やして、晴れて医師免許を取得して、臨床研修医として働き始めた後になって、本人に医師としての適性がなかったと判明するのは悲惨だ。我々にとっても、きみたちにとってもだ。もっと早くわかっていれば、他の道を選ぶこともできたはずだからな」

　学生たちはちょっと動揺して、互いの顔を見た。『奇天烈な服装の無精髭を生やした』学生が訊く。

「そんなことって、あるんですか?」

「今ではほぼない、ミスタ・クロウリー。なぜなら、学業の成績と等しく、適性検査に力を入れるようになったからだ」

　学生たちは無意識に胸を張った。

自分たちは今まさに、それを試されているからだ。

もっさりした色白の男子学生が再び発言する。

「教授は第一印象と言いましたけど、ぼくだったら、そんなあやふやなものは信じません。仮に、患者が医療方針や治療法に不安を覚えたとしたら、それを補うのは、それこそ看護師の領分のはずです」

「一緒にされては困る、ミスタ・バトラー。患者の心のケアは確かに看護師の重要な仕事の一つだが、わたしはきみたちにそんなものは求めていない」

ならば、何を要求されているのか？

無言の問いを顔中に浮かべる学生たちに、教授はおもむろに言ったのだ。

「初対面で患者に好印象を抱かせることだ」

学生たちは困惑を隠せなかった。

教授は続けて言う。

「断っておくが、患者と仲よくしろと言うつもりはない。きみたちは彼らの友人でもなければ恋人でもない。きみたち自身を『理解してもらう』必要もなければ『わかりあう』必要もない。要点はただ一つ。彼らの望む医師の姿を、彼らの眼に見せるんだ」

レティシアが再び発言した。

「えーと、それって、言葉は悪いですけど、『俺はとっても優秀な、いい医者だぞー』ってふりをして、患者を騙せってことですか？」

パーカー教授はにやりと笑った。

「その表現は首肯しがたいな、ミスタ・ファロット。印象をよくすると言ってもらいたい」

「……同じじゃないんですか？」

と、不満を訴えたのはサンドラ・ビショップ。

レティシア曰く『気位の高いお嬢』だそうだ。

ここで彼は班の全員の説明をした。

「サンドラの親が何をやってるかは知らないけど、ただの成金じゃなくて、上流階級の出だと思うぜ。マージョリー・プライムも同じ『良家の令嬢』って感じだけど、タイプが全然違う」

ルウが首を傾げる。

「どっちもお嬢さまなのに？」

「サンドラは、なんて言うか、ひらひらのドレスに扇子を持って『おほほ』ってやるのが似合う感じな。マージは化粧も服装も一見すると地味なんだけどよ。身のこなしがきれいで、地味に見える服も持ち物も、みんな質のいいものばっかり使ってる」

眼に見えるようだった。納得して、さらに尋ねる。

「もう一人の女の子は？」

「チェルシー・レイン。ありゃあ元気な仔馬だな。何にでも興味津々で明るい」

男子学生はジョンの他に、ブルース・バトラー、クリフォード・ラッシュ、ギルバート・ケイヒル、チャド・クロウリー。

「ブルースはちょっと太めで、頭の固い優等生って感じかな。クリフは天然で、ギルは強面、チャドはちゃらい」

なかなかに個性的な顔ぶれである。

ルウは、以前のレティシアの言葉を思い出して、確認してみた。

「で、男の子はみんな大きいんだよね？」

「おう。一番でかいクリフなんか百九十超えてるぜ。他の連中もみんな百八十超えだな」

リィが呆れたように指摘する。

「その中にレティーが一人混ざったら、そりゃあ、可愛く見えてもおかしくないか……」

シェラはますます苦い顔である。

パーカー教授はこの講義の最後に言ったそうだ。

「近々、きみたちには実習に行ってもらう。患者と直に接し、医療現場を観察するのが主な目的だが、きみたち自身の適性を見るためでもある」

その実習はセム大と提携している総合病院で行い、入院患者の中でも、比較的状態の良い患者に協力をお願いして、話し相手を務める手はずになっている。

短い時間で、可能な限り、患者の精神状態を把握するようにというのだが、性格のきついサンドラや無愛想なギルはあからさまに難色を示した。

「失礼ですが、解剖実習や手術の見学ならともかく、患者と話すことに何の意味があるんですか？」

「明らかに看護学の領分です」

するると、教授は唐突にチャドに質問したそうだ。

「恋人はいるかね、ミスタ・クロウリー」

「は？　えっ？　ええ、いますけど」

「結婚は考えているかね」

「いやあ、まだそこまでは……って何なんです？」

「ミス・ビショップは？」

「プライベートです。講義に関係あるんですか？」

「それでは尋ねるが、ミス・ビショップ。ミスタ・クロウリーが仮にきみの恋人だったとして――」

サンドラの眉がつり上がった。

「冗談はよしてください」

チャドも慌てて叫んだ。

「好みじゃないんで！」

サンドラがじろりとチャドを睨む。

教授は笑いながら続けた。

「あくまで仮の話だ。ミス・ビショップ。ミスタ・クロウリーがきみの恋人で結婚を考えているとする。ご両親に今の彼を紹介できるかね？」

サンドラは実に苦々しい顔になった。

それというのも、チャドはレティシアの指摘したように極めて『ちゃらい』風体だからだ。すなわち軽薄で安っぽい。鳥の巣のような毛髪に、無精髭を生やし、破れたデニムの半ズボンの上にスカートのようにチェックの布を巻きつけている。毛臑はむき出しで、足下は古びたスニーカーという出で立ちだ。

当のチャドも慌てて否定した。

「ちょっと待ってください。俺だって、時と場合と場所をわきまえることくらい知ってますよ。まさかこんな格好で結婚の挨拶には行きません。最低でも髭を剃って髪をセットして、スーツで行きます」

「ほう？　なぜかね？」

「そりゃあ、印象をよく……」

言いかけてチャドは口をつぐみ、他の学生たちも真顔になった。

教授は何食わぬ顔で話を続けている。

「時と場合と場所をわきまえる。きみにその分別があったとは意外だったが、結構なことだ。わたしの同期に、天才的な頭脳の持ち主で、これまで何度も医学の発展に貢献した研究医がいるが、天は二物を与えずとはよく言ったもので、彼には致命的なほど一般常識の持ち合わせがない。――自らの結婚式に普段着の白衣で出席しようとしたくらいだからな」

学生一同、何とも言えない顔になった。

ブルースが疑わしげに質問する。

「その結婚式、無事に成立したんですか？　新婦に愛想を尽かされそうですが……」

「新婦は実に賢い女性で、彼の奇行を予想していた。あらかじめ新郎の寸法の礼服一式と靴を用意して、よれよれの白衣で現れた新郎を有無を言わさず控え室に連行して着替えさせたそうだ」

天然だというクリフが不思議そうに訊く。

「変人の天才には頑なな人が多い気がしますけど、よく素直に着替えましたね？」

「新婦は新郎の扱い方を熟知していた。『あなたは普段着で手術室に入るの？』と真顔で尋ねたそうだ。新郎は腐っても医師なので、もちろんそんな真似はしないと答える。『同じことよ。ここは結婚式場で、この服を着ないと結婚式場に入れない決まりなの』新郎はそれで納得した。整髪剤で髪型を整えるのも、初めて見るアスコットタイを締めるのも、ポケットチーフを挿すのも、『消毒しない手で手術をする？しないでしょう。結婚式場で礼服を着るならこれは全部セットで必要なの』と諭し、結果、シルバーのフロックコートで登場した新郎に、我々同期一同、胸を撫で下ろすと同時に驚愕した。式の後で、あの偏屈にどうやって礼服を着せたのか、新婦に尋ねたところ、この経緯を聞いたわけだ」

教授は再びチャドに視線を戻して質問した。

「結婚相手のご両親の印象をよくするために身だしなみを整える。それはご両親を騙すことかね？」

「いいえ」

チャドは答えて、弁明のように付け加えた。

「俺は好きでこういう格好をしてるし、やめる気もないですけど、初対面の人にはあんまり覚えがよくないのもわかってます。――そういう大事な場面で、ちょっと格好をつけるのと、最初から悪意を持って人を騙すのとは全然話が別です」

「そのとおり。――きみはいい診療医になれるかもしれないな。今話した新郎は、非常に残念なことに患者を診ることは不可能だ。彼には悪気はまったくなく、病気を治したいという強い熱意も持っている。しかし、彼は患者の心理に寄り添うことができない。その必要も理解していない。――彼が診察をすると、患者はひどく気分を害するか、精神的なショックを受けて落ち込むかのどちらかだ。そして彼は患者がなぜそんな反応をするのか理解できない。『事実を告げたのに？』と首を捻っている。看護師が必死になだめても後の祭りで、『あんな医者はいやだ』と、担当医の変更を求める。もしくは転院する」

ここでジョンが発言した。

「彼は事実を言っただけなのに、なぜ患者の態度がそこまで悪化するんです？」

教授は身を乗り出して学生たちを見た。

「それこそ、きみたちに考えてほしい課題だ」

「…………」

「医師とは患者の命と人生を預かる仕事だ。時には患者にとって辛(つら)い宣告をする必要に迫られる。だが、同じ内容の宣告でも、医師の告げ方次第で、患者の受ける衝撃(しょうげき)や負担は大きく異なってくる」

「…………」

「医師のどんな言葉が患者の態度を硬化させるのか、どんな姿勢で臨めば患者の協力を得られるのか――ミス・ビショップ、ミスタ・ケイヒルはそれもまた看護学の領分だと不満に思うかもしれない。しかし、少なくとも、治療方針を決定する権限のある医師が、患者の支援(サポート)に努める看護師の妨(さまた)げとなるような愚(ぐ)を犯してはならないと、わたしは考えている。今度の実習はその第一歩だ。きみたち自身が、それぞれのやり方を見つけるんだ」

ここまでの話を聞いて、ルウは笑った。

「おもしろいね。『俺は名医だぞー』って雰囲気を出して、患者を騙せだなんて……」

シェラも頷いた。

「初対面の相手に好印象を持ってもらうのはとても大事なことです。——まさか、お医者さまにそんな技術が要求されるとは思いませんでしたが……」

リィも曖昧に笑って言った。

「まあ、一種の詐欺と言えば詐欺かもしれないけど、間違ってはいないよな」

レティシアは、にやりと笑った。

「俺、そういう詐欺なら、得意なんだ」

「だろうな」

「自分で言うな」

「対人技術の基本だもんねえ」


三者三様の感想である。

「——で、この間、その実習に行ったんだけどよ」

三人ずつ三班に分かれ、三十分ごとにメンバーを入れ替えて、訪れる病棟も班ごとに変える。それを三度繰り返したので、全員、自分以外のメンバーと一度は同じ班になって実習に当たったわけだ。

病院側も実習のことは心得ている。

こんな素人に重症患者の相手はさせられないから、比較的、病状が落ち着いている患者が集まっている遊戯室や談話室、大部屋の病室に学生たちを案内し、患者と話してもらう形式だったそうだ。

「行ったのは小児科、婦人科、それと老年科が二つ。入院が長引いて、暇をもてあましている患者も結構いるみたいでさ。特に年寄り連中は俺たちみたいな若い話し相手が嬉しかったみたいだな。小児科病棟では餓鬼が好きそうな玩具や遊戯があって、一緒に遊んだりしたぜ。——それはいいんだけどよ」

レティシアは珍しく、ため息をついた。

「小児科病棟の遊戯室(プレイルーム)へ乗り込んで、ジョンのやつ、開口一番なんて言ったと思う？　『やあ、みんな！　元気か！』だとよ」

　金銀黒の三人は何とも言えない顔になった。

　さすがに、この場所と状況で、今の発言が適切でないことくらい、元殺し屋のレティシアにもわかる。

　リィが呆れたように指摘した。

「元気じゃないから小児科病棟にいるんだろう」

「それな」

　苦り切った顔でレティシアは頷いた。

「餓鬼どもは硬直してこっちを見てるし、クリフが――あいつは身体は一番大きいのに、愛嬌があって害意がない。うまく餓鬼どもの気を引いて、機嫌を取ってくれて、何とか場が和(なご)んだんだけどよ。その傍から、ジョンがあの暑苦しさでぐいぐい迫るんだ。餓鬼どもがすっかり萎縮しちまうもんだから、俺は何度もあいつに『待て』を掛ける羽目になったぜ」

　ルウが吹き出した。

「それ、覚えてくれた？」

「『待て』をか？　どうかなあ……？」

　レティシアは自問するように首を傾げた。

「ジョンは馬鹿(ばか)じゃないが、もともとがあの熱血だ。言えば引き下がるんだが、すぐに忘れちまう。俺はあいつの主人ってわけじゃないし、こっちも本気は出せないしな」

　リィも小さく笑って言う。

「馬鹿じゃないどころか、頭のいい人だと思うぞ。おまえが本気で制止を掛ければ、聞き分けられないはずはない」

「代わりに餓鬼どもが小便洩(しょんべんも)らすぜ」

　冗談めかした言葉だが、これが誇張でも自信過剰(じしんかじょう)でもないことは、天使たちにはわかっている。

　暗殺者としての本気を出していないレティシアは、意外にも子どもたちに人気だったそうだ。

　実習を終えた彼らはその様子を報告書(レポート)にまとめ、次の授業で発表しようとした。

「そうしたら、その場で別のお題を出されたんだよ。実習中の他の班員の言動について、気づいたことを書けってな」

　患者に関する調査を報告する場だと思っていたら、他のメンバー八人について記せというのだ。

　レティシアはこのお題には困らなかった。

　常に周囲に気を配り、詳細な情報を集めるのは、彼が生き残るために必要な能力だったからだ。

『ジョンは大声で子どもに不人気、クリフは笑顔で大人気、チャドは患者全員の名前をすぐに覚えて、気さくに話しかけていた。ブルースは熱心に患者の話を聞いていた。ギルは身動きの難しい患者にさりげなく手を貸していた。チェルシーは患者と仲よくなるのが早く、患者も打ち解けて話していた。サンドラは一応親切だが、あまり笑顔がない。話し言葉も紋切り型で、安い珈琲店の店員のようだった。マージは丁寧すぎて、患者が困惑していた』

　このくらいの内容はさらさら書けた。

　各人が書いた報告書は班の全員で共有したので、サンドラは苦い顔で、独り言ちた。

「……安い珈琲店？」

「正しくは、店員の教育が行き届いていない店な。実際に働いてきたんだろ？」

　断定的に言われて、サンドラは今度は苦笑した。

「五日間だけね。人生、初バイトだった。そんなに安い店じゃなかったはずなんだけど」

　パーカー教授が、接客業がお勧めだと言ったのを、彼女は律儀に実践したらしい。

　レティシアは無情に指摘した。

「そりゃあ、バイト慣れしてないからだろう」

　手順を覚えるのに精一杯で、熟れるところまでは届かなかったというわけだ。

　チェルシーも驚いたように眼を丸くしている。

「サンディ、バイトなんかできたんだ……」

「どういう意味よ」

「お店の人に怒られたりしなかった？」

「だから、どういう意味よ」

一方のマージも困惑顔である。

「家にいらっしゃるお客さまに接するように話してみたのだけれど、丁寧すぎたかしら？」

「俺の感想だけどな。『ごきげんよう、誰それさま。お加減はいかがでしょうか？』ってのは、ちょっと堅苦しいぜ。『こんにちは、誰それさん。お身体の具合はどうですか？』くらいでいいんじゃね」

マージは真顔でレティシアに確認してきた。

「そんなに砕けた口調では失礼にならない？」

「そこは相手の受け取り方次第だと思うぜ。教授が言ったじゃん。いろんな受け取り方の客――患者がいるって。マージみたいな話し言葉が嬉しい患者もいるとは思うけどよ、この間の患者たちがちょっと面食らってたのも確かだぜ。第一、本職の看護師は割と親しげな調子で話してたからさ。あのくらいのほうが患者には受けがいいんじゃねえの」

マージははっと気づいた様子だった。

病院なのだから、当然、看護師も働いている。

そこに注目しなくてはいけなかった――と自分を律したようで、マージはレティシアに微笑んだ。

「ありがとう。参考にする」

ジョンも（一応）反省していた。

「なるほど。俺は子どもには不人気なのか。もっと小さい声で話せばいいのか？」

「それ以前の問題だと思うぜ……」

生ぬるい苦笑を浮かべつつ、レティシアは親切に指摘してやった。

「ジョンは医者にかかるような大きな病気や怪我をしたことないだろ」

「ない！」

堂々と胸を張る。

レティシアのみならず、他の学生たちも嘆息して、天然だというクリフがさらに尋ねる。

「そもそも、病気になったことがあるのかな？」

「ない！　丈夫が取り柄だ」

確かにそれでは患者の気持ちはわかるまい。

このお題、他の学生には少々難しかったらしい。

特にギルやブルースは他の班員が何をしていたか、ほとんど答えられなかった。

ジョンとクリフが四人、サンドラが五人について答え、マージとチェルシーは六人の描写ができたが、他二人が出ない。

ちなみにマージとチェルシーが描写できなかった二人は同じで、ギルとブルースだった。

マージは同級生を傷つけないよう、慎重に言葉を選びながら言ったという。

「わたしの注意力不足です。二人が積極的に話していたという記憶がありません」

チェルシーも、申し訳なさそうに言った。

「全然覚えてなくて……。レットの報告書(レポート)を見て、初めて、そんなことしてたんだって思ったくらいで。ごめんなさい」

結局、全員の様子を描写できたのはレティシアの他にはチャド一人だったそうだ。

パーカー教授はこの発表を受けて言った。

「ミスタ・バトラー、ミスタ・ケイヒルは集中力が優れているあまり、周りが見えなくなるタイプだな。それもまた医師に不可欠な能力には違いない。事実、患者を観察した二人の報告書(レポート)は群を抜いて詳しい。従って、この結果をマイナスに思う必要はないが、医療がチームプレイであるのも確かだから、多少は周囲で何が起きているのか、注意することも覚えるべきだろう。ミスタ・ファロット、ミスタ・クロウリーの観察力は実に素晴(すば)らしい。——逆に尋ねるが、常日頃からこれだけ神経を研(と)ぎ澄(す)ましているのでは、疲れたりしないかね？」

レティシアはそつなく答えた。

「神経を研ぎ澄ましてたつもりはないです」

チャドも笑顔で答えたという。

「人と会って話すの、基本的に好きなんで」

「いいことだ。診療医向きだな」

その後は全員で討論になったそうだ。

この訪問実習は今後も継続して行い、長期入院が患者に及ぼす影響、特に心境の変化や精神状態など、気づいたことをまとめる予定だという。

レティシアはここで金銀黒天使に視線を移した。

「——で、話が芝居に戻るんだ。俺たちの研究班はいわばチームなわけで、意思疎通を図るためにも、全員参加の芝居は有効な手段ってわけ」

リィが指摘する。

「周りが見えなくなる二人は、お芝居なんて時間の無駄だって、いやがったりしなかったのか？」

「いや、二人ともむしろ積極的だったぜ。大学祭の出し物は強制参加ってわけじゃないが、評判のいい内容なら、それなりに評価につながるからな」

「そういうもんなのか？」

リィは呟いて、素朴な疑問を口にした。

「ジョンはどうして『新春の朝』をやろうって言い出したのかな？　あんなに明るい性格の人は、暗い話は好まない気がするんだけど」

シェラがレティシアに苦い眼を向ける。

「この男が言うには、子どもの頃に見て感動したという理由でしたが……」

ルウが微笑して言う。

「明るい人だからかもしれないよ」

「え？」

「人の性格は見た目通りじゃないからね。——別にジョンくんに裏があるって意味じゃないよ。自分にない要素に引かれることもあるんじゃないかな」

レティシアは大きく頷いた。

「わかる。あいつ、妙に神経質なところがあるんだ。実験に使う道具は、自分で決めた位置に並べないと気持ち悪いんだと。そのくせ、実験が終わった後の片付けは割と適当なんだよな」

几帳面なのか、ずぼらなのか、わからない。妙なところでこだわりがあると言うべきかもしれない。

「ジョンくんの攻略法の目星はついた？」

ルウの問いにレティシアは細い肩をすくめた。

「まだ全然」

不意に、リィに問いかけてくる。

「王妃さん、あいつを頭がいい人だって言ったよな。何でそう思った？」

リィはちょっと眼を見張って答えた。

「馬鹿なら医学部にはいないだろう」

「おう。成績はトップクラスだ。けどよ、勉強だけできる馬鹿ってのもいるじゃん」

「そういう感じには見えなかったな……」

リィは少し首を捻って、独り言のように続けた。

「眼の光がしっかりしてると思ったんだ。明るくて能天気そうに見えるけど、本当に能天気な人なら、もっと……何も考えてない眼をしてないか？」

レティシアは笑って手を打った。

「意見が合うな、王妃さん」

「だからって、あの人が思慮深い性格だなんて言うつもりは毛頭ないけど」

「そんなこと言ったら、本当に思慮深い人間から、『あれと一緒にするな』って猛抗議（もうこうぎ）がくるぜ」

笑みを消して、レティシアは真顔で続けた。

「あんたの言うとおりだ。俺の知る限り、ああいう暑苦しいやつはたいてい単純で、底が浅い。簡単に扱えるはずなんだが、あいつはなあ。どうも、よくわかんねえんだよ」

ルウが微笑して割って入る。

「単純な人だっていうのは間違ってないと思うよ。きみが可愛く見えているくらいなんだから」

シェラが心からの同意を表す意味で、おもむろに頷いたが、レティシアは笑って否定した。

「あいにく、俺はどんなに頭の切れる人間相手でも、可愛く見せる自信があるぜ。俺の仕事は『侮（あなど）られてなんぼ』だからな」

「今はそんな仕事をする必要はないでしょうに」

ルウが苦笑交じりにたしなめて、質問する。

「きみの今の課題は、ジョンくんに気に入ってもらえる『少年』を演じられるかどうかでしょ?」

『新春の朝』は、自己犠牲の精神の美しさを説いた小話で、子どもの情操教育によく使われている。

子どもたちに、少年の献身的な姿勢に同情させて、『かわいそう』という感情を覚えさせるのが目的のようだが、レティシアには少年の自己犠牲の精神が欠片もわからず、少年の行動は自殺にしか見えない。

その前提で演技をしても、ちっともかわいそうに見えないので、ジョンに駄目出しをされている。

「ジョンくんに、どうして大学祭で『新春の朝』をやろうと思ったのか、訊いてみた?」

レティシアは心底げんなりした顔になった。

「訊いたけどよ。答えが答えになってねえんだよ。『感動的な話じゃないか!』で終わり」

三人とも、何とも言えない顔になった。

レティシアも細い肩を投げやりにすくめている。

「俺としてはもうちょっと語ってほしいんだがねえ。本人はそれで説明したつもりらしい」

リィが同情も露わな表情で応援の声を掛けた。

「まあ、何というか……頑張れ」

シェラが辛辣な一言を付け加える。

「先は長そうだが、何とかするのが玄人だぞ」

「元玄人だぜ、お嬢ちゃん。今の俺はただの学生」

レティシアはすかさず言い返したが、本人はこの状況にも、自分で言うほどは困っていないらしい。

急に何か思いついたように携帯端末を取り出して、操作したので、リィは尋ねた。

「何だ?」

「使える伝があるなら使わないとな」

端末をしまって、レティシアは笑って言った。

「——ほんと、ここにいると飽きねえよ」

2

慣れない歩行補助器と痛めた右足に苦労しながら、スティーブ・バリーは目的地を目指していた。

ちょっと太めのスティーブなので、片足が自由にならないのはなかなか骨が折れる。幸い、行き先はプライツィヒ校からそれほど離れていなかったので、少し息を切らしながらも、何とか到着した。

そこは大きなショッピングモールだった。夕方のこの時間帯でも家族連れや買い物客で賑わっている。

スティーブも何度も来ているが、いつもは一階か二階で買い物をし、フードコートや同一商標の珈琲店で友達とくつろいでいる。

今日は珍しく三階へ上り、少々面食らって辺りを見渡した。見通しのいい二階とは雰囲気が全然違っていたからだ。

通路の中央部分にも店舗がつくられ、その合間を縫って迷路のような通路が伸びているので、視界を遮る店舗が邪魔をして奥が見渡せない。この状況で、初めて行く店を探し当てるのは骨が折れる。

三階に並んでいるのはほとんど飲食店で、軽食や甘味の店、夕方から開店する本格的な晩餐の店などさまざまだが、二階のような同一商標の店はない。

そろそろ夕食の時間なので、ここも階下と同じく、かなりの人で賑わっている。

スティーブは階表示を確認して『リヴェルデ』を目指した。最初は気づかず通り過ぎてしまったが、店と店に挟まれている扉に『リヴェルデ』と小さく書かれた看板を見つけることができた。

その下に『ただ今の時間、貸し切り』とある。

開けてみると、正面に細い通路が伸びていた。

その先にもう一つ、扉がある。

中に入ってみると、そこそこ広い飲食店で、既に二年A組の生徒が大勢集まっていた。

「スティーブ！」

　嬉しそうに迎えてくれたのはマイケル・ケント。通称ミックだ。

「ここ、すぐわかったか？」

「一回通り過ぎたよ」

「俺はぐるぐる回った。ここには何度も来てるけど、三階がこんなふうになってるなんて知らなかった」

「ぼくもだ」

　級議員のローズ・アボットもスティーブに近寄り、心配そうに話しかけてきた。

「足は大丈夫？」

「うん。歩くだけなら、何とかなる」

　歩行補助器を見せながらスティーブは言った。

　会場を見渡して首を傾げる。

「あれ？　ヴァンツァーとランディは？」

「ベアテもまだ来てないのよ」

　もうじき、打ち上げ開始の六時になる。

「ヴァンツァーが遅刻なんて珍しいよな」

　ミックがからかい口調で言った時、扉が開いて、ヴァンツァー、ランディ、ベアテが姿を見せた。

　ベアテがほっとしたように言う。

「よかった。間に合った」

　ヴァンツァーは、今のミックの言葉が耳に届いていたようで、無表情で反論した。

「遅刻はしていない」

　ランディが申し訳なさそうに謝っている。

「ごめん。ぼくの用事につきあってもらってた」

　ベアテも申し訳なさそうに弁解する。

「ここは初めてで、わかりにくくてね」

　ローズが笑顔で手を打った。

「とにかく、これで全員揃った。みんな！　飲物を選んで」

　全員がグラスを手にすると、クラスを代表して、級議員のローズが音頭を取った。

「正式な集計はまだだけど、今回の学園祭で、我が二年A組の『極光城の魔法使い』が上演部門で見事、一位を獲得したことを祝って。乾杯！」

生徒たちの嬉しそうな歓声が上がる。

「乾杯！」

ローズはヴァンツァーとランディに眼をやった。

「主役の二人からも一言お願い」

言われて、ランディは固まってしまった。

彼は演技の天才だが、台本がないとしゃべれない。

一方のヴァンツァーはもともとしゃべらない。

微妙な沈黙が流れる中、ランディは何とか気力を振り絞って言った。

「あの、えっと……このクラスで、みんなと一緒にあの舞台をやれて、本当に……楽しかった」

「一位を取れたのはクラス全員の尽力の結果だ」

と、ヴァンツァーも珍しく辞儀を述べ、同級生に視線を移した。

「殊勲賞は昨日、負傷にもくじけず立ち上がったスティーブと、補助に入ったミックだろう」

生徒たちの視線がその二人に向けられる。

それを受けて、スティーブは控えめに言った。

「ただもう、必死だっただけだよ」

目立ちたがりのミックも、今は謙虚だった。

「俺も。考えてる暇なんかなくて、ただもう何とかしなきゃって動いたから、冷や汗もんだった」

ベアテが笑ってまとめた。

「いいじゃないか。終わりよければすべてよしだ。みんな！　大いに食べよう！」

店内が、どっと沸き立った。

あとは席に着いて、思い思いの歓談である。

何しろ食べ盛りの高校生だ。

どの卓でも次から次へと料理を注文している。

ここは本来は軽食店のようだが、献立表を見ると、料理はかなり豊富な種類が揃っていた。

一口寸法の洒落た前菜、サラダ、スープ、パイ、サンドイッチ、もちろん甘味もある。

飲物も種類豊富だった。珈琲、紅茶、香草茶の他、

果実のジュースが数種類、ノンアルコールカクテル、葡萄酒（ぶどうしゅ）や麦酒（ビール）まである。

連邦大学惑星（ティラ・ボーン）では、十六歳になれば、アルコール度数の低い酒類に限って、飲酒が許される。

ヴァンツァーは一人静かに腹を満たしていたが、ふと疑問に思って独り言ちた。

「……ここの支払いはどうなっているんだ？」

向かいに座っていたローズが呆れて言う。

「うちの学費を知らないの？　生徒の休養（レクリエーション）や娯楽の分も最初から含まれているのよ」

必然的に、それなりの生活水準の家庭の子どもでなければ通えない学校ということになる。

ヴァンツァーのように両親がいない生徒は極めて珍しい。

隣の卓ではミックがスティーブと話している。

「初めてやったけど、芝居って案外おもしろいよな。今からでも演劇部に入れるかな？」

「もちろん。歓迎するよ。ただ……」

スティーブはちょっと言いにくそうに続けた。

「部長にがっかりされるのは覚悟してくれ」

「は？」

怪訝（けげん）そうな顔になったミックだが、彼はたちまち事態を察して、勢いよく言った。

「わかったぞ！　二年A組から新入部員が入るって言ったら『ヴァンツァーかランディが来た！』って、ぬか喜びされるんだな？」

「申し訳ないが、そういうことだ」

ここでミックはヴァンツァーに尋ねた。

「ヴァンツァーは何で演技をやらないんだ？」

「趣味でやる必要性を感じないからだ」

スティーブが大きなため息をついた。

「演劇部の立つ瀬がないな……」

この時、ランディは飲物を取りに席を立っていた。

戻ってきた彼にも、ミックは同じことを訊いた。

「ランディは何で演劇部に入ってないんだ？」

唐突な質問に、ランディは戸惑い顔になった。

　席に着いたランディに、スティーブが説明する。

「前にも言ったけど、きみの表現力は素晴らしい。比類がないと言ってもいいくらいだ。舞台の上での存在感もだ。中学でやめたという話だが、あまりにもったいないよ。演技を再開する気はないのかな」

「あるよ」

　ランディはあっさり認めた。

「ただ、今は演劇部には入れない。個人的な用事で忙しくなるかもしれないから」

　控えめに言ったランディの隣で、ベアテが何とも微妙な顔で唇を結んでいる。

　確かに今のランディは演劇部どころではない。

　共和宇宙に名だたる大女優と共演できるか否かの瀬戸際なのだから。

　もしそれが実現したら、大ニュースだ。

　プライツィヒ校にとってもこの上ない名誉だが、口外無用を誓っているので、事情は説明できない。

　ベアテはもともと飄々とした性格なので、自分を抑えることもそれほど苦ではなかったが、当事者のランディの泰然とした態度には感心していた。

　彼にとっては青天の霹靂で、自分以上に興奮しているはずなのに、見たところは平然としている。

　もともと舞台に立っていない時のランディは、地味で目立たない生徒だが、ごく普通の様子で料理を食べ、友人たちと楽しげに談笑している。

　あとで二人になった時、よく平静でいられたねと言ってみると、

「あんまりびっくりしすぎて、逆に冷静になった」

とのことだった。

　打ち上げは八時にお開きになった。

「ごちそうさま！」

　生徒たちがぞろぞろ店を出ていった後、給仕係が貸し切りの札を外して、『準備中』の札を掛けた。

　普通はこれで今日は営業終了のはずだが、驚いたことに、夜の九時から通常営業を始めるらしい。

　階下の店は既に閉店しており、二階にも一階にも

入れないように遮蔽板(しゃへいばん)が下りていた。

　二年A組一同は東側の移動階段(エスカレーター)で一階に下りたが、大きなモールなので、他にも移動階段(エスカレーター)がある。

　ちょうどそちらから下りてきた人々と出くわす格好になった。そちらもプライツィヒ校生だった。

「きみたちもここで打ち上げだったのか」

　話しかけてきたのは三年首席にして、級議長でもあるユージン・ラングフォードだ。

　テニス部の主将でもある彼は、ヴァンツァーより背が高い。同級生らしい男子も一緒にいて、彼らはヴァンツァーを見て、口々に言ってきた。

「昨日はすごい美人だったぞ」

「うまく身長をごまかしてたよな」

「新入生歓迎会でも、やってくれないか」

　ヴァンツァーは、そんな彼らはすべて無視して、ユージンに声を掛けた。

「少しいいか？」

　ヴァンツァーのほうから話しかけてきたことに、ユージンはびっくりして眼を見張った。

「何だ？」

「訊きたいことがある」

　そう言って、ヴァンツァーは友人たちから離れ、視線でユージンを誘った。

　ユージンはますます驚きながらも、仲間たちから離れて、ヴァンツァーと二人で話せる距離まで来て、あらためて尋ねた。

「質問は何かな？」

「ジョン・チャンピオンを知っているか？」

　意外な言葉に、ユージンは再び眼を見張った。

「俺が一年の時の級議長だ」

「今はセム大生か？」

「ああ。医学部に在籍している」

「ユージンは一年の時も級議員だったのか？」

　この問いに、彼は少々傷ついたような顔になった。

「二年連続で級議員、三年で級議長なんだがな」

　ユージンにとって大いに誇れる経歴なのだろうが、

ヴァンツァーはかまわずに続けた。

「彼の人となりについて、知っていることがあれば聞かせてもらいたい」

　その通信文に気づいたのは『リヴェルデ』に入る少し前。

『二年前に卒業したジョン・チャンピオンについて情報頼む』

　という素っ気ない文面だが、自分とレティシアの間では、これで充分、意味が通じる。

　その人物を攻略するために必要な情報、特に弱みを探り出してくれという意味だ。

　この場合の弱みというのは『後ろめたいところ』とは限らない。夢中になる趣味、熱中している事柄、溺愛（できあい）する家族や女（商談相手や部下には厳（きび）しくても、娘や孫、もしくは愛人に弱いという男は結構いる）贔屓（ひいき）にしている偶像（アイドル）など、さまざまだ。

　今の自分たちは現役を引退して、単なる学生だが、困った時はお互いさまである。

　ユージンが一年間、その人物と同じ級議員として活動していたのなら、好都合だ。単なる後輩（こうはい）以上の情報を持っている確率が高い。

　声を掛けた相手は間違っていなかったと思ったが、当然ながら、ユージンは困惑顔だった。

「――どういうことだ。彼と何か面識が？」

　ヴァンツァーは首を振った。

「俺はその人物を知らないし、会ったこともない。ただ、知り合いがセム大の医学部にいる。恐らく、接点ができたんだろう」

「そういうことか……」

　ユージンも敏感（びんかん）に察した様子だった。

　ヴァンツァーの知人が何らかの事情で、ジョン・チャンピオンの趣味や嗜好、どういう人間なのかを知る必要に迫られたのだろうが、同時に驚いた。

「そんな頼み事ができる強心臓（きょうしんぞう）の知人がいるとは思わなかったぞ」

　元同僚の姿を思い描（えが）いて、ヴァンツァーは言った。

「強では足らん。心臓には毛が生えているどころか、有刺鉄線で覆われているし、神経は鋼索製。面の皮に到っては言うに及ばずだ」

　こんな台詞を真顔で言うので、ユージンはこれが冗談なのか本気なのか、判断に迷った。

　しかし、ユージンはもともとこの美貌の下級生に興味があり、親しく話してみたいと思っていたのだ。願ってもない機会である。逃す手はない。

　上方に視線をやった。

「いい店があるんだ。つきあってくれないか」

「寮の門限がある」

「今日は文化祭の最終日だぞ。門限も延長される」

「それなら、同行しよう」

　ユージンは友人たちに、先に帰ってくれと合図し、ヴァンツァーも同様にした。

　級議長と二年首席が連れ立って離れていくのだ。ついていこうとする強者は誰もいなかった。

　二人は下りてきた移動階段をまた上がった。


　三階もそろそろ客足が絶えて静かな雰囲気だが、まだ開いている店も多い。迷路のような通路を進み、ユージンは奥まった扉をくぐった。

　中は狭く、細長い店だった。

　右手の壁一面に酒瓶がずらりと並び、古びた木のカウンターと止まり木だけの酒場である。

　高校生では注文できる酒も限られているはずだが、ユージンは馴染みの客なのか、カウンターの店主は視線で挨拶してきた。

　ユージンは慣れた様子で止まり木に腰を下ろし、カクテルを注文した。

　それは強い蒸留酒を使ったカクテルだったので、隣に座りながら、ヴァンツァーは指摘した。

「――いいのか？」

　違反にはならないのかという質問に、ユージンは呆れたように笑った。

「知らないようなら教えるが、くだらない虚栄心ややんちゃで、卒業証書をふいにするような愚か者は、級議長にはなれないんだ」

　つまりは違反にはならないと言いたいらしい。

　ユージンはさらに笑顔で店主を見やった。

「第一、飲ませろと言っても店側が出してくれない。高校生に提供できる酒の種類には限りがある」

　店主は穏やかに微笑みながら、頷いた。

「こちらの落ち度になりますので」

　しかし、ヴァンツァーは慎重だった。

　店主に向かって注文した。

「こういう店で無粋な注文なのはわかっているが、今は酒は控えたい。ノンアルコールカクテルを」

　店主は微笑して会釈した。

「お気遣いなく。腕の見せどころです」

　横からユージンが尋ねる。

「ノンアルコールなのに？」

「だからこそです。ノンアルコールでもカクテルはカクテル。ジュースとは違いますので」

　そう言って出してくれたのは細長い透明なグラスだった。氷の合間にミントの葉が見える。

　飲んでみると、檸檬とライムがよく効いている。炭酸に果実を合わせた単純なつくりだが、確かに、単なるジュースとはわけが違う。

「美味いな。絞りたての味だ」

　感想を言うと、店主がちょっと会釈してきた。

　その隣でユージンはオリーブの入ったカクテルを味わい、携帯端末を操作して、画像を見せてきた。

「これがチャンプ。ジョン・チャンピオンだ」

　顔は別に必要ないのだが、人の性格というものはある程度、外見に現れる。

　ヴァンツァーはじっくりその写真を観察した。

　かなりの男前――というのが第一印象だった。

　金髪碧眼、活気に溢れた表情、何かの演技か、煌びやかな衣裳を着ている。

　この人物を『内向的』とか『覇気がない』と判断する人間はまずいないだろう。写真一枚だけでも、潑剌とした外向的な性格だろうと想像できる。

「二年前の卒業生の写真を持ち歩いているのか？」

「そんなわけがないだろう」

ユージンは呆れて言い返してきた。

「去年の全国大学アクション・ロッド選手権大会だ。チャンプは三位で表彰台に上がった」

「――一年生で三位？」

「ああ。この大会唯一の一年生だった。たいへんな快挙だ」

ユージンが先輩のジョン・チャンピオンに好感を持っているのは間違いないようだった。

「これは表彰式の後で行われた入賞者の公開競技。だから衣裳も派手なんだ」

「ロッドの公開競技？」

どんなものなのか想像できないヴァンツァーに、ユージンは動画も見せてくれた。

ロッドの試合なら二人で行うが、ジョンは一人で、赤や金の華やかな衣裳を纏って試合場に出てきた。一礼して、音楽に合わせて動き始める。最大限に長く伸ばしたロッドを素早く操作して、架空の敵を相手に戦っているようにも見えるが、試合では禁止されているロッドの先端を床に突いて、棒高跳びのように大きく宙を舞う動きを取り入れたりしている（ただしロッドから手は離さないが）。

さらにはロッドをつっかえ棒にして、その上に、器用に一瞬、静止して立ったりしている。

公開競技と言うより演舞のようだった。

鍛錬した体術と、技の切れを披露するものらしい。

公開競技を見るのはこれが初めてだが、なかなかいい動きだと、ヴァンツァーは思った。

動画は結構長かった。三分はあっただろう。

その間、観客を飽きさせることなく、次々に技を繰り出すのだから、その構成を考える頭も必要だ。

ユージンが言う。

「チャンプは試合の時はこんな派手な動きはしない。勝負に徹しているが、彼は体格も見た目もいいから、この公開競技は大いに観客に受けていたな」

「どんな級議長だった?」

　率直なヴァンツァーの質問に、ユージンは笑って応えた。

「リーダーシップという言葉を人間の形にすると、ジョン・チャンピオンになる」

「………」

「行動力も決断力もある。頭脳明晰、面倒見もいい。ロッドはログ・セール代表選手に選ばれる実力者で、ボランティア活動も熱心、教師からの信頼も厚い。同級生からも下級生からも慕われていた」

「欠点がないと?」

「まさか。どんな人間にも欠点はある。彼のそれは——本人が活力に溢れすぎているので、時々、猪突猛進気味になるところかな。周りが置いていかれる。ただし、彼は話のわからないやつじゃない。何かに熱中すると、こちらの言葉が届きにくくなるだけで、人の話に耳を傾けないのとは違う」

「思慮分別があるとは言いがたいわけだな」

　ユージンはちょっぴり複雑な顔になった。

「それはチャンプとはもっとも縁遠い言葉だ」

「趣味や嗜好は?　酒と甘味ならどちらだ?」

「彼は何でもよく食べるんだ。酒も甘いものもだ。好き嫌いはなかったと思う。趣味は——ロッドが主だったが、興味を持ったものなら何でも試していた。パラグライダー、セーリング、スキー……、空、海、雪上と実にめまぐるしいが、まとめると、とにかく速く動くものだ」

　ヴァンツァーは少し眼を見張った。

「大胆なくくりだな」

「事実だからな。アウトドアでも、彼がキャンプや登山に熱中したという話は聞いたことがない」

　スピード感のあるものが好きということだ。

「女性関係は?」

「長く続いた彼女はいなかった」

　ヴァンツァーはちょっと首を傾げた。

　眉目秀麗、文武両道の級議長に恋する女生徒はいくらでもいたはずなのに、長続きしなかったとは穏やかではない。

　疑問の表情に気づいて、ユージンは続けた。

「チャンプが女の子を次々もてあそんで捨てたとは思ってくれるなよ。今も言ったように、チャンプは活気(バイタリティー)に満ちあふれている。その勢いに女の子のほうがついていけなくなるんだ」

「つまり、いつもふられる側(がわ)なわけか？」

「忌憚(きたん)のない言い方をすればそうなるが……」

　ユージンはさすがに苦笑した。

「チャンプは後を引きずらない。別れた後も相手と気まずくなることもない。そこは人徳だな」

「家庭環境は？」

「遠慮なくくるな……。両親と、確か弟と妹がいた。学園祭で見かけた覚えがある」

　扉が開いて、新たな客が入ってきた。

　ユージンを見て、気さくに声を掛けてくる。

「よう」

　逆にユージンは呆れ顔になった。

「どこから湧いて出た？」

「ご挨拶だな。そっちが抜け駆けしたくせに」

　ヴァンツァーを挟んで腰を下ろしたのは背が高く、ちょっと皮肉っぽい表情が魅力的な青年だった。

　笑顔で話しかけてくる。

「シドニー・エイブリーだ。シドでいい。演劇部の部長をやってる」

　ヴァンツァーは自己紹介はせず、軽く頷くことで『知っている』と意思表示した。

　シドはカクテルを注文して言う。

「級議長が永久凍土の貴公子と二人でしけこんだと聞いたんでね」

「その表現には語弊(ごへい)があるな」

　ヴァンツァーは真面目に苦言を呈したが、シドは無視して、唐突に切り出した。

「単刀直入に言う。演劇部に入らないか」

「断る」

　強い拒絶にも、シドは簡単には屈しない。

「その理由は？」

「…………」

「あれだけの演技力を持ちながら、なぜ演技の道を選ばない？　宝の持ち腐れもいいところだぞ」

　妍麗なヴァンツァーの顔に珍しく、微笑のような表情が浮かんだ。

「俺も以前、ランディに同じことを言った」

「もちろん、彼も勧誘するつもりだ」

「それはやめておいたほうがいい」

　ヴァンツァーはやんわりと言ったものだ。

「彼は優しいから、あんたたちに合わせてくれると思うが、観客の視線を残らず持っていかれるぞ」

　シドは真顔で尋ねてきた。

「きみは、それがわかったんだな？」

「ああ。新鮮だった」

「やっぱりか……。客席にいても感じたくらいだからな」

　反対側からユージンが尋ねてくる。

「ここに演技の素人がいることを忘れてくれるなよ。——何の話だ？」

　ヴァンツァーはユージンを見て説明した。

「俺は多少、見栄えのする容姿に生まれついている。そのせいで、人の視線が自分の顔に集中することに慣れているつもりだが……」

「多少とは恐れ入るな」

　ユージンの冷やかしは無視して続ける。

「ランディと舞台に立っていると、その視線が時折、俺から逸れる。正直、驚いた。そんな経験は今までほとんど覚えがないからな。感動的ですらあった」

　ユージンは肩をすくめてみせた。

「きみが言うのでなければ、うぬぼれにも程がある、凄まじく嫌みな台詞だな」

　シドも、からかうような笑みを浮かべている。

「美男には美男なりの苦悩があるわけだ。残念だな。きみがもっと人前に立つことを喜び、目立つことに快感を覚える性格だったら、不世出の名優になれただろうに」

言いながら、シドももちろんわかっている。

ずば抜けた美貌を誇りながら、この下級生は人の注目を集めることにも賞賛を浴びることにも興味がないらしい。むしろ煩わしいと感じている。

少しばかり非難する口調になったのは、あながち演技ではなかった。

「その容姿を望む役者の卵がどれだけいることか。贅沢もここに極まれりだぞ」

ユージンも同調する。

「贅沢と言うより、傲慢じゃないか？」

左右の意見は無視して、ヴァンツァーは続けた。

「スティーブにも話したが、俺は趣味で演技をやる必要性を感じていない。入部は断る」

シドは盛大にため息をつき、諦めきれない様子で訴えた。

「昨日のアウローラも壮絶な美人だったが、今日のアウレーリオも実に見事だった。うちの女子部員はみんな眼がハート形になっているんだぞ」

ユージンも言った。

「演劇部員に限った話じゃないな。あの舞台を見た女子全員に言えることだ」

ヴァンツァーは冷静に指摘した。

「人間の瞳孔はそんな形にはならない」

「もののたとえだ」

ぼやいて、ユージンはヴァンツァーの身体越しにシドに話しかけた。

「ちょうどいい。チャンプの話をしてたんだ」

予想外の名前に、シドが首を傾げる。

「ジョン・チャンプ？　何でまた？」

ヴァンツァーは初めて、興味を持った眼をシドに向けた。

「知っているのか？」

「今の三年生ならみんな知ってるぞ。きみと同じで、学校一の有名人だったからな。――チャンプと知り合いなのか?」

「俺は会ったことはない」

訝しむシドに、ユージンが事情を説明する。

話を聞いて、シドも眼を丸くした。

「じゃあ何か? 知人に頼まれたっていうだけで、チャンプの情報集めをしてるのか?」

およそ学業以外のことには興味を示さず、親しい友人もいない(ように見える)ヴァンツァーの印象と食い違うのだろう。シドは本気で驚いていた。

ヴァンツァーは、自分がおかしなことをしているつもりはなかったので、また真面目に答えた。

「持ちつ持たれつだからな」

「その知人はなぜチャンプの情報が欲しいんだ?」

「情報というと、いささか堅苦しいが、彼がどんな人物なのかを詳しく知るための手がかりが欲しいということだ。家庭ではどういう教育を受けたのか、家族仲はどうなのか……」

「そこまで気にするか?」

「幼い頃の教育は無視できない。親が不正をしたり、嘘をついたりすることに抵抗を感じない人物なら、子どもも平気でやるようになる確率が高い。家族仲も同じく重要だ。学校では優等生でも、家では暴君、という例は少なくないからな」

「チャンプに限ってそれはない」

ユージンは笑い飛ばし、シドは小さく呟いた。

「家族仲か……」

その口調に、ヴァンツァーは何かを感じた。無論、シドもわかっていて言ったのだ。乗ることにした。

「何か知っているのか?」

「まあな。俺は偶然、知ったんだが、今まで誰にも言わなかった。本当に個人的な話だからな。恐らくユージンも知らないはずだ」

この台詞に当のユージンが驚き、ヴァンツァーの身体越しにシドに尋ねる。

「本当か?」

ヴァンツァーも同じくシドを見て、確認した。

「あんたの一存で話してもいい内容か？」

「別にチャンプから口止めはされていない」

「詳しく聞かせてもらえるか」

シドは抜群の笑顔で言った。

「入部を承諾してくれるならな」

「では、結構だ」

即座に否定すると、シドは露骨にがっかりした。

「あのなあ、簡単に引き下がりすぎだろう」

「そちらこそ、駆け引きにしてはお粗末すぎるぞ。そもそも、駆け引きにもなっていない」

すっきりとさわやかな飲物を一口飲んで、ヴァンツァーは指摘した。

「あんたが話したいなら聞く。話したくないなら、俺はかまわない。——どうする？」

シドはやれやれと肩をすくめた。

「評判通り、難攻不落の鉄壁だな。——仕方がない。少し込み入った話になるが、なるべく簡潔に話す。俺は一年の後半、七カ月だけ級議員をやっていた」

「——珍しいな。普通は一年任期のはずだが」

「そのとおり。極めて異例の事態だ。なぜそんなことになったかというと、前任者が退学したからだ。彼の推薦もあって、俺が代役に立った」

ユージンが言った。

「ホップスか」

「そうだ。ジョン・ホプキンス」

ユージンは一年の時も級議員だった。その人物と数カ月は同じ級議会で活動していたのだろう。

彼はヴァンツァーを見て言った。

「当時の級議会にはジョンが四人いたんだ」

シドも言う。

「クラスにも三人いた。名前を呼んだら三方向から返事が返ってくる。区別するために彼はホップスと呼ばれていたんだ」

「同じ理由でチャンプなんだ」

なるほどと思いつつ、ヴァンツァーは尋ねた。

「退学の理由は？」

「直接的な原因はホップス自身の希望だった。連邦宇宙軍士官学校に入学し直したいというんだ」

　それは選良への道が約束されている難関校だが、プライツィヒも歴史のある名門校である。

　それなのに、わざわざ入学し直すという。

　妙な話だと思ったヴァンツァーは、素直に疑問を口にした。

「当時一年生なら、十五、六歳だろう。その年齢で、士官学校に入学できるのか？」

「できない。俺もちょっと調べたが、連邦宇宙軍士官学校は十七歳にならないと受験できない。だから、正確には士官学校に入学するための準備をしたいと言ったんだな」

「逆に尋ねるが、その士官学校は十八歳になったら受験できないのか？」

「いいや。受験資格は十七歳から二十三歳までだ」

　それならプライツィヒを卒業した後で入学しても充分間に合う――というより、それが普通だ。

「卒業を待てなくなった理由は？」

「彼の父親が事故で亡くなったんだ」

「………」

「ホップスは母親も早くに亡くしていて、父一人、子一人だった。しかも、両親ともに施設の出身で、身寄りは一人もいないというんだ」

　状況を整理して、ヴァンツァーは尋ねた。

「学費が払えないから退学して、一日も早く稼げる軍人になりたいと？」

　シドは首を振った。

「俺も最初はそう思ったんだ。学費が払えないから、生活に困るから、退学を言いだしたのかと思ったが、彼の父親はかなりの資産家で、三年分の学費を前納していたらしい。しかも彼は寮生だった」

「――？　それなら士官学校への入学を焦る必要はないだろうに」

「俺たちもそう言ったんだ」

　ヴァンツァーを挟んで、ユージンが答える。

「ホップスが言うには、自分はもともと卒業したら士官学校に進むつもりでいたと。彼の父親は若い頃、連邦軍の戦闘機乗りだったそうだ。事故で負傷して、身体を悪くして除隊したが、その姿はずっと自分の憧れであり、目標だったと言うんだな。その父親が突然、亡くなった」

　シドも真面目な口調で言った。

「親を亡くすにしても、その状況というものがある。それでなくとも事故死は遺族の心の負担が大きい。ホップスにとっても、まるで予想できなかった悲劇だった。しかも、彼は父親の遺体と対面することもできなかった」

　ヴァンツァーが事務的に確認する。

「損傷がひどかったからか？」

「遺体を回収できなかったからだ」

「…………」

「ホップスの父親は連邦宇宙軍を除隊した後、辺境宙域でいわゆる『宝探し』に活路を見いだし、見事トリジウム鉱山を当てたんだ。——事故はその採掘基地で起きた」

「…………」

「彼の父親を含めて四人が犠牲になったと聞いた。誰の遺体も発見されていない」

　シドは淡々と当時の自分の心境を話した。

「俺はその時まで——現在もだが、身内を亡くした経験がない。ホップスの衝撃も悲しみの深さも計り知れないが、想像することはできる。頭では父親はもういないとわかっていても、もう会えないと理解しようとしても、納得できるものじゃない。せめて現地に向かおうにも、現場は宇宙の彼方だ。しかも当時は激しい宇宙嵐が続いていて、近づくことすらできなかった。俺はホップスとは寮も同じで、すぐ近くで見ていたから知っているんだが、彼は幽霊のような真っ白な顔をして、このまま死んでしまうんじゃないかと本気で心配したくらいだ。——そして突然、退学すると言い出した」

　ユージンが後を受ける。

「連邦宇宙軍の中でも、航宙母艦に乗艦する戦闘機操縦者（パイロット）は精鋭中の精鋭だ。士官学校自体がかなりの難関だが、無事に入学できたとしても、そう簡単になれるものじゃない。適性はもちろん、訓練に次ぐ訓練、試験に次ぐ試験をクリアしなくてはならない。彼は時間を無駄にしたくないと言うんだな」

　ヴァンツァーは訝しげに呟いた。

「プライツィヒの教育が無駄とは思えないが……」

　今度はシドが頷いた。

「俺たちもまさにそれを言ったんだ」

　ユージンが続ける。

「彼は優秀な生徒だった。父親のことは気の毒だが、士官学校へ入学するにしても、他の受験生は高校を卒業した後に入学するのが普通だし、たった一年を短縮するために、当校（うち）の卒業証書をふいにするのは、賢いやり方じゃない——というより、ばかげている。そんな無茶をする必要はどこにもない、考え直したほうがいいと級議会も教師も総掛かりで説得したが、ホップスは頑として意見を変えなかった」

　少年の理想は立派だが、現実的な問題も残る。

　ヴァンツァーはその点を指摘した。

「高校を退学して、生活はどうする？　学校も残り二年分の学費は返還したはずだし、親が資産家なら、かなりの遺産を相続したとも思うが、未成年では部屋も借りられないはずだぞ」

　シドが説明する。

「そういった手続きは、後見人を引き受けてくれた小父（おじ）さんにお願いすると言っていた」

「両親ともに身寄りはいなかったのでは？」

「そのとおり。この人物はホップスとは血縁はない。ホップスの両親と同じ施設の出身で、施設を出た後も、ずっと親しく交流していた。小父さんも既に結婚して家族がいるが、昔から、家族ぐるみで親しくしていて、ホップスも小父さんのことはよく知っているそうだ。小父さんが言うには、ホップスの父親とは、『お互い天涯孤独の身だ。もし自分に何かあったら、その時は家族を頼む』という約束を交わしていたと言うんだな。ホップスも小父さんが自分の保護者になること自体は素直に了承した」

ユージンは強いカクテルで少し気が緩んだのか、思い切ったことを言った。

「他人事だから言えることだが、俺は、小父さんがいてくれたことは、ホップスにとってはよかったんじゃないかと思った。親が亡くなってから初めて存在を知ったような、顔も見たことがない、どんな性格かもわからない親戚に引き取られていくよりは、ずっとましなはずだからな」

シドも同意する。

「それは俺も思った。『新春の朝』みたいなことにならないとも限らないしな」

ヴァンツァーは依然として無表情だったが、その名前がここで出てきたことに驚いた。

「あれはそんなに有名な話か？」

ユージンが驚いて問い返してくる。

「知らないのか？」

「マジか……」

シドも呆れ返った様子だったが、話を続けた。

「まあ、とにかく、彼の決意は固かった。とうとう級議会も学校側も諦めて、彼を送り出すことになり、彼が退学する前日にドレイク寮でも送別会を行った。その時の寮長がチャンプだった」

ユージンが尋ねる。

「俺はウェリントン寮だから、その送別会の様子は知らないが、何かあったのか？」

「正確には送別会の後だ。消灯が近づいていたが、俺はホップスと話がしたくて彼の部屋へ行ったんだ。そうしたら、ホップスが『チャンプに呼ばれている、一緒に来てくれないか』と言ってきた」

寮長の個室は一介の寮生がそう気軽に尋ねられる場所ではない。

「チャンプは明日、寮を出るホップスに何か言葉を掛けようと思ったんだろう。俺がいてもいいのかと訊いたら、一人じゃ却って気まずいって言うんだな。それもそうかと思って一緒に行った。チャンプなら俺がいても気にしないからな」

ヴァンツァーを挟んでユージンが頷く。

「間違いなく、気にしないな」

「……………」

ジョン・チャンピオンに対する印象を測りかねるヴァンツァーの隣で、シドは話を続けている。

「チャンプは果たして、俺のことも歓迎してくれた。彼はまずホップスに餞の言葉を掛けた。『きみが寮を離れるのは残念だが、きみの決断を尊重する』とね。ホップスも『ありがとう』と言ったと思う。そうしたら、チャンプはホップスの顔を覗き込んで、『しかし、今のきみは顔が暗いな』と、こうきた」

ユージンが何とも言えない表情になる。

シドはグラスを手に、軽く肩をすくめた。

「俺は呆れたね。父親を亡くしたばかりで、明るい顔のできる人間がどこにいる？　しかもホップスにとっては、たった一人の肉親なのに。何も言えないホップスに代わって、俺はチャンプに抗議したんだ。さすがに無神経だって。そんなの当たり前じゃないかって。——ユージンは知ってるだろうが、それで引き下がるチャンプじゃないからな。もっと熱心に言ってきた」

その人物の口調を真似て、シドは言った。

「父君は本当にお気の毒だった。心からお悔やみを申し上げる。だが、きみは父君の不幸に強い衝撃を受けながらも、新たな目標を定め、そこに向かって進むと決めたのだろう。それなら、きみは悲しみに打ちひしがれてはいても、押しつぶされてはいないはずだ。それなのに、今のきみは何かに迷い、悩み、小さく縮こまっているように見える。そんな気持ちの寮生を送り出すのは後味が悪い。俺に話すことで気持ちが晴れるなら聞こう」

妙な自信と善意に満ちた態度に、ヴァンツァーは例によって無表情で指摘した。

「呼びつけておいて『悩みを言え』とは、傲慢にも程があるぞ。その寮長、神経はあるのか？」

　ユージンが心底、呆れた顔つきで断言する。

「きみに言われたらおしまいだ」

　シドは喉の奥で笑っている。

「チャンプには素晴らしい長所がいくつもあるが、短所もある。その一つに、『繊細さ』という言葉は――恐らく彼の中には存在しないな」

　ユージンも同意して頷いている。

「今の台詞も彼なりに気を遣った結果なんだろう」

　シドは小さく思い出し笑いをした。

「まさにそれだ。結果的にチャンプが正しかった。俺は全然気づかなかったが、ホップスはチャンプの勢いに促されて、悩みを打ち明けた。――いろいろ言っていたが、まとめると、これから予備校に通う一年余り、小父さんの家に厄介になることになった。それが気まずい、心苦しい。そんな感じだった」

　沈黙するヴァンツァーの横で、ユージンが尋ねる。

「家族ぐるみで親しくしている人たちなのに？」

「そうなんだ。小父さんの一家もホップスを快く迎えると言ってくれたそうだ。だったら何も問題はないじゃないかと、俺は思ったんだが……」

　シドはカクテルを一口飲んで続けた。

「ホップスは言ったよ。こんな悩みは自分でも贅沢だとわかっている。小父さんも小母さんも、夫妻の子どもたちも、何度も遊びに来ている家なんだから遠慮するなと、歓迎すると、自分用の部屋まで用意してくれて、これから新しい家族になろうと言ってくれて嬉しかった。本当に感謝しているのに、どうしようもない疎外感がぬぐえない。――自分だけが小父さんの家の中の異物だと。赤の他人なんだと」

　ヴァンツァーはまたしても無情に指摘した。

「事実そのとおりだろう」

　ユージンも同意している。

「そこまでばっさり切り捨てる気にはなれないが、

いきなり『新しい家族』は……難しいな」

「チャンプもそう言った。『小父さん一家と新しい家族になれるかどうか、それはきみが決めることだ。急ぐ必要もない。仮に家族になれなかったとしても、小父さんはきみの後見人を下りたりはしないだろう。何が問題なんだ?』とね」

ユージンが苦笑しながら嘆息する。

「……さすがのチャンプ節だな」

一方、ヴァンツァーはこの言い分を支持した。

「親を亡くして、そこまで温かい家庭に受け入れてもらえることは滅多にないぞ。——感謝こそすれ、不平不満を唱える筋合いではないと思うが」

シドはゆっくり首を振った。

「それくらいホップスもわかっている。小父さんに感謝もしている。それでも、父親が亡くなって自分にはもう誰もいない、自分はひとりぼっちになってしまった。どんなに優しくしても親切にしてくれても、小父さんは他人だと。そう言いながら、ホップスは少し泣いていたよ。俺には想像もできない孤独感があったんだろう。そうしたらチャンプが言ったんだ。『俺も宇宙事故遺児だ』ってな」

ユージンが大きく眼を見開いた。

ヴァンツァーも無言でシドを見た。

沈黙の後、ユージンは努めて冷静に問いかけた。

「……なんだって?」

シドは肩をすくめている。

「俺もびっくりした。ホップスは俺以上に驚いて、涙も引っ込んだくらいだった。チャンプはいつもと同じ顔で言ったよ。『今の家族が俺の本当の家族だが、今の両親が実の両親でないのも確かだ。実の両親と妹がいたが、宇宙船の事故で俺だけが助かった。誰の遺体も見つかっていない』そんなことを突然、寮長兼級議長に言われてみろよ。一年坊主には何もできやしない。絶句して、立ち尽くすだけだ」

ユージンがかろうじて尋ねる。

「じゃあ、チャンプの今の家族は……」

「実の父親の弟夫妻だそうだ。チャンプの弟と妹は本当はいとこになるわけだが、『弟が生まれた時も妹が生まれた時も、両親は俺を「お兄ちゃん」だと言ってくれた。俺もそう思っている』と。事故当時、チャンプはまだ三歳だったそうだ。だからだろうな、チャンプはホップスにこう言ったよ。『今のきみが辛いのは、お父さんとの思い出があるからだ。お父さんの顔、きみを呼ぶ声、お父さんと過ごした楽しい時間が二度と戻ってこないこと、それらがきみを苦しめているが、いずれわかる時がくる。その思い出はきっときみの宝物になる。俺には実の両親の記憶がないからな』ホップスはおそるおそる尋ねたよ。『本当に全然、覚えていないの?』とね。チャンプは頷いて言ったよ。『まったく記憶にない。父に写真を見せてもらったが、そこに写っているのは、俺によく似た小さな子どもと赤ちゃんを抱いた知らない人たちにしか見えない。俺が覚えているのは振り返ったことだけだ』って」

ユージンがかすれた声で尋ねる。

「……振り返った?」

「チャンプの乗っていた宇宙船は隕石の衝突という、天文学的に低い確率の事故に遭遇した。船は大破、乗員乗客は避難艇で脱出したが、犠牲になった人も多かったそうだ。チャンプは家族と一緒に避難艇に向かって——家族より先に避難艇に駆け込んだ」

「…………」

「振り返ったら、避難艇の扉が閉まって、窓越しに爆発が見えた。覚えているのはそれだけだと」

　何とも言えない沈黙が流れた。

　顔も覚えていないとはいえ、彼は実の両親と妹の最期を、その眼で見届ける羽目になったのだ。

　その記憶は今も、ジョン・チャンピオンの脳裏に強く刻まれているに違いない。

　シドは何とも言えない声で言った。

「俺もホップスも声が出なかった。未だに、あの時、何を言えばよかったのかと考えることがある」

「………」

「それなのに、チャンプはやっぱりいつもの顔で、むしろ笑って言ったよ。『俺は家族を見捨てて一人だけ逃げた。無論、当時の俺は三歳の子どもだった。故意に見捨てたわけでも、その意思があったわけでもない。不可抗力だったとわかっているが、後味は非常によくない。では、俺はこの先、一生、罪悪感に苛まれながら生きればいいのか？　あの時、駆け出さずに両親と妹と一緒に死ねばよかったのか？どちらも違うと思う』って。ホップスも俺も急いで頷いたよ」

「………」

「チャンプは最後にホップスに言った。『小父さんに感謝しているのも、小父さんに他人を感じるのも、今のきみが辛いのも当たり前だ。ただ、下を向くな。背中を丸めるな。前を見るんだ』って。ホップスは『すごい熱血』って呆れてたけど、ほんの少しだけ、気持ちが切り替わったように見えたよ」

ユージンは深く嘆息して、グラスを空にすると、バーテンダーにおかわりを頼んだ。

シドを軽く睨む。

「……よくもまあ、今まで黙っていたものだ」

シドは肩をすくめている。

「チャンプは口止めはしなかったが、吹聴できる話じゃない。きみたちにも沈黙を求めたい」

「……言われるまでもない」

ユージンが強く断言する。

ヴァンツァーも頷いて、付け加えた。

「悪いが、知人には伝えさせてもらう」

シドは皮肉っぽく笑って言った。

「こんな頼み事をきみが引き受けるような知人だ。信頼に足る人物だと俺は思うんだが、違うか？」

ヴァンツァーは少し考えた。

「……この世で一番油断ならない相手だが、情報の取り扱いにおいては、もっとも信用できる」

シドもユージンも、俄然その相手に興味を持った様子だったが、ヴァンツァーは別のことを訊いた。

「ジョン・ホプキンスとは今でも交流があるのか」

「ああ。士官学校に入学した時も連絡をもらった。今は勉強と訓練に死ぬほど忙しくて、なかなか会う機会はないんだが、元気にやってるらしい」

「チャンピオンとは？」

「さっき会ったところだ。学園祭に来ていたんだ。相変わらずエネルギーの塊だったな」

「俺も会った。元気溌剌だ」

ユージンが笑って言い、真面目な口調で続けた。

「去年の学園祭で、チャンプの家族を見かけたんだ。父親も母親も笑顔で、本当に仲のいい家族に見えた。弟も妹も兄のチャンプが大好きなんだなと、一目でわかるくらいだった。――意外だな」

実の家族じゃないとは――と言いたいのだろうが、シドが頷いた。

「俺も同じことを思った。チャンプが言うように、今の家族がチャンプの本当の家族なんだって」

ユージンがおかわりを呑み干すのを見計らって、ヴァンツァーはバーテンダーに合図した。

「話を聞かせてくれた礼に、俺が払う」

しかし、先輩二人はこの申し出を猛然と固辞した。

「馬鹿言え。後輩におごらせたりできるか」

「そうとも。礼なら、他の形でしてもらいたいね。ここは俺たちで持つ」

「ヴァンツァーが飲んだ分は割り勘だぞ」

二人して、後輩の飲み代を真剣に割っている。

何だか微笑ましい光景だった。

ここは素直にご馳走になることにした。

3

聖グロリアス病院の廊下に看護師の怒声が響いた。

「ケヴィン！　エリック！　トミー！　ジョン！　廊下で車椅子レースはやめなさい！」

「やべっ！」

「逃げろ！」

十歳から十二歳くらいの少年たちが、いっせいに車椅子で走り去っていく。手動の車椅子を、みんな器用に操るもので、かなりの速度が出ている。

通路の先に消えた車椅子集団の背中を見送って、実習生たちは呆気にとられた。

「どういうこと……？」

「前の時と全然違う……」

看護師が苦笑しながら説明する。

「この間の子どもたちは内臓疾患系だからね。どうしても元気が出ないの。あの子たちは損傷した部位以外は健康そのものだもん。一緒にはできないよ」

サンドラが驚いた顔で呟いた。

「あんなに元気なら、自宅療養でもいいんじゃ？」

看護師は首を振った。

「まだその段階じゃないから。相手は子どもだから、何をしでかすかわからないんだよね」

その看護師は赤毛のくせっ毛が特徴的な童顔で、学生の彼らと同年代に見えた。

そのせいか、ずいぶん砕けた口調である。

胸には『ベッキー』と名札をつけている。

「みんな入院直後はさすがに大人しくしてたのよ。怪我した足は痛いし、自由に動けないしね。だけど、車椅子の扱いに慣れたと思ったら、あのとおり」

チェルシーが心配そうに言った。

「だけど、あれじゃあ、却って怪我しそう……」

ベッキーも困ったように頷いている。

「そうなの。車椅子は基本的に転倒しないつくりになってるけど、限度があるでしょ。ぶつかったら、どんなことになるか……。廊下は走っちゃだめって、さんざん注意してるんだけど、こっちの眼を盗んで、ああやって遊んでるわけ」

　ベッキーは一同を振り返って言った。

「今日は遊戯館に案内するね。あの子たちもそこに行ったはずだから」

　聖グロリアス病院は病床千三百、医師看護師数は三千人。その他の職員が八百人。診療科数は四十三、他にも高度医療、各種専門病棟に緊急医療センター、研究設備や支援施設も備えている巨大病院だ。入院患者を含めれば、およそ五千人の人間がいるわけだから、診療治療以外の施設も充実している。

　売店や飲食店はもちろん、図書室、娯楽室もある。

　前回、レティシアが訪れた遊戯室は小児科病棟の中にある一室だったが、遊戯館は中央病棟と中庭を挟んだ別棟のことらしい。学生たちを案内しながら、ベッキーは苦笑を浮かべて言ったものだ。

「あの子たち、見てのとおり元気が有り余ってて、相手するのも一苦労なんだ。お願いできるかな？」

　ジョンが笑顔で頷いた。

「自分たちはそのために来ています」

　報告書をつくるという本来の目的からは外れるが、奉仕活動の一環だと思えば、これも立派な課題だ。

　連邦大学惑星では、机にかじりついて勉強ばかりしているような学生は医者にはなれないのである。

　通路を歩きながら、マージが問いかけた。

「ベッキーさん。本名は何と？」

「レベッカ・ヒル。でも、ベッキーでいいからね。そっちは――マージョリー？　ミス・プライム？」

　首から掛けた臨時の身分証明書を見て尋ねてくる。

「わたしもマージで結構です」

「わかった。小児科の看護師はみんな、ファーストネームか綽名で呼び合ってるの。そのほうが覚えてもらえるから」

サンドラが尋ねた。

「他の科は違うの？」

「どうだろう。他はよく知らなくて。何しろ大きな病院だから。脳外（のうげ）なんか行ったこともない」

中庭を左に見ながら通路を進む間、レティシアがベッキーに問いかけた。

「今度の研修には直接関係ないんだけど、ちょっと訊いてもいいかな」

「勉強熱心なんだね。——何？」

「ベッキーにとって、医者って、どういう存在？」

「雲の上の人」

年若い看護師は即答して、付け加えた。

「でも、仕事では対等な同僚」

「そうなんだ？」

「——って、看護師長にいつも言われてる」

ベッキーはちょっと笑って肩をすくめた。

「医師は看護師の上司じゃない。医師には看護師の人事権はないんだから、遠慮はするな。患者さんの様子で何か疑問に思ったこと、指摘すべきと思ったことは堂々と言えって」

「え？　でもさ、その理屈だと、ベッキーの上司の看護師長はベッキーの人事権を持ってるわけだから、堂々と意見が言えないってことになるんじゃね？」

ジョンが同意する。

「それはあまり好ましい労働環境ではないな」

ベッキーは慌てて否定した。

「そんなことないよ。ビッグママには、いつもよくしてもらってる」

「……は？」

実習生たちはきょとんとなったが、通路を渡って別棟に入り、ベッキーは一同を看護師長に紹介した。

五十年配の女性で、体つきは少々たくましいが、きりっとした美しい人である。

どっしりと豊かな胸の名札には『ビッグママ』と本当に記されていたので、学生一同、困惑した。

マージが意を決して、遠慮がちに尋ねる。

「失礼ですが、ご本名を教えていただけますか？」

さすがに、「ビッグママさん」とは呼びにくい。

師長は笑顔で答えた。

「アリス・デイモンよ。よく来てくれたわね」

デイモン看護師長は学生たちの身分証明書を見て、一人一人名前を確認しながら話しかけた。

「チャンピオンくん、ラッシュくん、運動は得意？だったら、体育館へ行ってくれるとありがたいわ。ちっちゃな怪獣たちが暴れ回ってるから。なかなか全力で遊んであげられなくてね。クロウリーくんとファロットくんも応援お願い。ビショップさんとレインさんは『鏡の間』。今日は着せ替えごっこなの。女の子たちはおしゃれなお姉さんを歓迎してくれるはずよ。ケイヒルくんとバトラーくん、プライムさんは上の談話室へ行って。ご高齢の患者さんたちがお茶してるから、雑談の相手をお願いできる？」

ブルースが手を上げた。

「質問よろしいでしょうか。デイモン看護師長」

「何かしら、バトラーくん」

「その振り分けには何か根拠がありますか？」

「あなたとケイヒルくんを談話室に回した理由なら、子どもが怖がりそうだから」

はっきり言われて当のブルースもギルも、何とも言えない顔になった。

「……怖がられますか？」

「…………」

「二人とも女性の患者さんには好印象だと思うわよ。ハンサムだから。ただ、表情がちょっと硬い」

「人には得手不得手があるでしょ。プライムさんを談話室に回したのも、前回の報告書で、彼女の言葉遣いがとても丁寧だったとあったからよ。元気いっぱいのチビ怪獣さんたちより、ご高齢の患者さんに受けがいいはずだわ」

今度はギルが言った。

「お言葉ですが、自分は研修に来ています。苦手な分野から遠ざけられるのは、学習の妨げになるかと思いますが……」

「わたしもそう思います」

　マージも訴えたが、師長は真顔で言った。

「勘違いしない。それは看護学の領分」

「………」

「看護師なら、この患者さんとは気が合わないから、苦手だからなんて選り好みはできないし許されない。どんな患者さんにも寄り添い、頼りにされるように心がけなくてはならない。だけど、あなたたちは医学生。しかもまだ予科生。加えて今のあなたたちの研修目的は入院患者さんの心理状態の調査でしょう。医師や職員、この病院に対する意見や感想、不満を聞き取ってまとめることにあるんだから、話を聞き出しやすい患者さんと接するほうが効率がいい」

　ぐうの音も出ない正論だが、今度はチェルシーがおそるおそる手を上げた。

「ですけどあの……サンディはともかく、わたしは、おしゃれなお姉さんには程遠いですけど……」

　正直なチェルシーに、師長は微笑した。

「だから逆にいいのよ。お姫さまみたいなドレスが好きな女の子ばかりじゃないの。ビショップさんは男の子っぽい格好は苦手でしょ?」

　今日のサンドラは病院での研修とあって、濃紺のパンツスーツ姿だが、仕事型のスーツではない。

　素材も型もかなりおしゃれなものだ。

「別に、苦手ってわけじゃ……」

　サンドラは言葉を濁したが、師長は取り合わず、チェルシーに笑顔を向けた。

「レインさんは活発な格好が好きよね」

「はい。まあ……。あの、着せ替えって?」

「行けばわかるわ」

　何ともてきぱきしたビッグママである。

　みんな、面食らいながらも、他の看護師の案内で、指定された場所に移動した。

　サンドラとチェルシーが通された『鏡の間』は、一見すると何の変哲もない、がらんとした部屋で、

六、七歳くらいの寝間着姿の少女が六人いた。
その部屋は、壁の一面が全面、鏡になっている。

三人の少女が前に進み出て、鏡に向かって何やらポーズを取っている。

後列の三人は椅子に座って、順番待ちをしているようである。

不思議に思いながらチェルシーとサンドラが中に入って鏡を見ると、そこには色とりどりの華やかな服装の少女たちが映っていた。

サンドラが驚いて声を上げる。

「幻影鏡(イリュージョンミラー)？　すごい大きさね」

少女たちが驚いて振り返り、チェルシーは屈託のない笑顔で話しかけた。

「これ、どうやるのかな？　教えてくれる？」

少女たちは遠慮がちに互いの顔を見合わせている。

サンドラは鏡とは反対側の部屋の奥へ進み、机の上の端末を慣れた手つきで操作した。

すると、右端(みぎはし)の少女の着ていた白いワンピースが鏡の中で消え、寝間着姿の少女が映った。

少女が非難の叫び声を上げる。

「あたしの服！　消した！」

サンドラは肩をすくめて、何やら端末を操作して少女に言った。

「代わりに、こんなのはどう？」

すると、鏡の中に、もっと華やかな赤いドレスが浮かび上がったのである。

少女は眼を輝かせたが、困惑してサンドラを見た。

「……どうやって着るの？」

これにはサンドラが驚いた。

「え？　この鏡(ミラー)、自分で着なきゃいけないの？」

すると、他の二人の少女が訳知り顔で言ってきた。

「そうだよ。こうやるの」

「教えてあげるね」

少女たちがそれぞれ端末を操作すると、鏡の中のドレスは消えて、本来の寝間着が映る。

「別の服を着る時は、まず服を選んで……」

中央に立つ少女の前の鏡に白いブラウスが浮かび上がった。服だけが鏡に映った光景は少々異様だが、少女は手を伸ばして、ブラウスを摑む仕草をした。

　服を身体に当てるように引き寄せる動きをすると、鏡に映るブラウスが少女の身体に近づく。

　少女が手を伸ばすと、その手は鏡の中でブラウスの生地を突き抜けて、前のボタンを外し始めた。端から見ると、少女は何もない空間で一生懸命、ボタンを外す動作をしている。

　鏡に映るブラウスは宙に浮いた状態で、一つずつボタンが外れていく。

「うっわ。何か、変な感じ……」

　サンドラが驚きの声を発し、チェルシーは少女の手際を誉めた。

「上手に外せるんだねえ」

　前のボタンを全部外すと、少女は再びブラウスの肩の辺りを摑み、自分の腕を通す仕草をした。

　すると、よくしたもので、鏡の中でも後ろ身頃は見えなくなり、片袖を通した少女が映っている。

　両腕を通すと、鏡に映る少女は完全にブラウスを羽織った状態になった。ボタンを全部留めて両手を広げて、サンドラとチェルシーに披露する。

「こうやって着るんだよ」

　鏡の前に立つ女の子は寝間着のままだが、鏡には白いブラウスを着た姿が映っている。

　後ろを向けば、ちゃんと背中も映る。

　チェルシーが言った。

「スカートも鏡の前で穿くふりをするの？」

「そうだよ。難しいんだから」

　そう言うと、女の子はチェックのスカートを選び、ファスナーを下ろし、スカートの中に両足を入れて引っ張り上げて、ファスナーを閉じた――正しくは、腰の辺りで閉じるふりをしただけだが、鏡の中で、少女は新しい服に着替えている。

　チェルシーは感心したように言った。

「本当に着せ替えごっこだ」

ズボンを穿こうと思ったら、両手でズボンを摑み、片足ずつ通さないと、身体に適合(フィット)しないわけだ。

サンドラが表示させた赤いドレスはまだ鏡の中で浮かんだ状態だった。女の子はドレスを摑んで引き寄せることはできたが、その先をどうしたらいいかわからないらしい。

さっきの白いワンピースは前ボタンだったから、ブラウスと同じ要領で着ることができたのだ。赤いドレスの前身頃には華やかな刺繡(ししゅう)が施(ほどこ)されて、背中を開けなくては着られない。

サンドラは言った。

「ドレスの背中を見せてくれる?」

「こう?」

女の子が空中を摑んでひっくり返す動作をすると、鏡に赤いドレスの背中が映った。

腰の辺りに赤いリボンが結ばれている。

「それじゃあ、まずリボンをほどく。できる?」

「……やってみる」

女の子の手は鏡の中で、赤いドレスを突(つ)き抜(ぬ)けて、少し時間はかかったが、何とかリボンをほどいた。

サンドラが言う。

「できるじゃない。それじゃあファスナーを下げて、足を入れる」

「だめだよ。後ろ前だよ」

「いいからやって。それからリボンを結ぶ」

女の子は言われたとおり後ろ前のまま、ドレスに足を入れる仕草をして、ドレスを持ち上げ、両腕を通した。ファスナーは何とか上げることができたが、なかなかリボンが結べない。

実物がないだけに、うまく摑めないのだ。

チェルシーが不思議そうに尋ねる。

「どういう仕組みになってるの、これ?」

「この鏡、奥に無数の撮影機が仕込まれてるのよ。三人を一人ずつ認識して、その動きに合わせて鏡に映像を映してるの。あっちにも撮影機があるわ」

サンドラは天井と、鏡ではない壁を示した。

多方向から対象を立体的に捉えているらしい。

「大型施設にはたいてい設置されてるはずだけど、子どもの頃、遊ばなかった?」

「仮想の服を着せてくれる試着室は知ってるけど、うちの近所にこんなハイテクな玩具はないよ」

その間に、女の子はぎこちない手つきでリボンを結んだが、リボンが縦結びになってしまっている。

女の子はそれが気に入らないのか、不満顔だ。

サンドラは端末を操作して、少女の後ろに立った。

「しょうがないわね。手伝ってあげる」

すると、サンドラの手は少女の手と同じように、赤いドレスの生地を突き抜けた。

チェルシーが驚いて言う。

「他の人が着せることもできるんだ」

「認証を増やしたのよ。だけど、自分でやらなきゃ練習にならないでしょ。いっぺんやってみせるから、覚えなさいよね。リボンを結ぶ時は、こっち側で、こう輪っかをつくって、反対側のリボンを持って、こんなふうに上から通すの。ほら、できた」

サンドラが縦結びのリボンを結び直して離れると、鏡にはドレスを後ろ前に着た少女の姿が映った。

「はい。そこで服を前に向けて」

実際に着てしまったら、そんなことは不可能だが、このドレスは鏡の中だけの虚像である。

女の子は眼を丸くしながら再び空間を両手で掴み、服をひっくり返した。

鏡の中で、後ろ前だった服がくるりと回転して、刺繍の施された前身頃が現れる。

「ここで『装着』と。いいわよ、動いてみて」

サンドラが端末で何か操作すると、赤いドレスは鏡の中の女の子の身体にぴたりと合った。

よくしたもので実際は寝間着を着ている腕や肩も、鏡の中ではむき出しに映っている。

大人びた格好が嬉しいのか、少女は歓声を上げて、その場でくるりと回った。

鏡の中の赤いドレスも、ちゃんとひらりと回って裾（すそ）が大きく揺（ゆ）れる。よほど気に入ったのか、笑顔で何度も鏡の前で回っている。

　チェルシーが感心したように言った。

「よくできてるねえ。試着室の進化版みたい」

　サンドラも頷いている。

「実際に着るふりをする版（タイプ）は、わたしも初めて見た。普通は身体に当てれば、そのまま装着なのに」

「手足を動かすのがいいんじゃない？　女の子には楽しい遊びだよね」

　チェルシーも何気なく端末を操作してみた。

幻影鏡（イリュージョンミラー）は初めてでも、彼女はこの類（たぐい）の操作盤（そうさばん）には詳しいらしい。服の種類を見て、歓声を上げた。

「へえ、番組の衣裳（コスチューム）もあるんだね。フラワーベル、魔法戦士ジュエル、あ、爆風妖精（ブラストフェアリー）もある」

　サンドラが怪訝そうに尋ねる。

「何それ？　そんな物騒な妖精がいるの？」

「女の子向けの人気番組だよ。戦う妖精シリーズ。知らない？　もう何十年も続いてて、あたしたちの頃なら月虹（ムーンレインボー）妖精か、雪火（スノーファイヤー）だったと思うけど。フラワーベルも魔法戦士ジュエルも小さな女の子に大人気だよ」

「ちょっと何言ってるのか全然わからない」

　サンドラはますます面食らったが、女の子たちがいっせいに食いついた。

「あたし、スタールビー！」

「スターサファイア！」

「エスメラルダがいい！」

　サンドラが眼を丸くする。

　一方、チェルシーは笑顔で少女たちに話しかけた。

「そっか。みんな、ジュエルが好きなんだね」

「うん！」

「それじゃあ、みんなで変身しちゃおう」

　そう言って、チェルシーが鏡に映し出したのは、明らかに普通の服ではなかった。

　胸元には大きなリボン、膨（ふく）らんだミニスカートは三層構造になっている。一番下にはチュール、その上に金色の生地、一番上にフリルで縁取られた赤いスカートを重ねて、足下は赤いハイヒールだ。

隣の女の子の衣裳は青が基調で、やはり膨らんだスカートの下は半ズボンとリボンのついたブーツ、その隣の女の子は緑が基調で、ふんわりと広がったスカートは前が短く、後ろは長く、幾重にも波打つフリルがまるで花びらのようだ。

鏡を見た少女たちは大興奮だった。

競うようにして衣裳を身につけ、歓声を上げて、それぞれ違うポーズを取っている。

サンドラは怪訝な顔でチェルシーを見た。

「……今でもこういう番組を見てるの？」

「見てるのは妹だよ。一回り年が離れているから、今はジュエルに夢中なんだ」

緑の衣裳の少女が話しかけてくる。

「お姉さんの妹はジュエルの誰が好き？」

「妹はペルラ一推し」

「あたしも！　ペルラ好き！」

後列に下がっていた女の子が言い、鏡の前に立つ女の子を押しのけようとする。

「代わって！」

「待ってよ！」

喧嘩になりかけたところに、チェルシーが笑顔で割って入った。

「はい、喧嘩はだめだよ。順番だからね」

他の女の子たちも、興奮収まらない様子だった。

「じゃあね、あたし、ブラストスピアになる！」

「ずるい！　あたしもスピアがいい！」

すかさずチェルシーが笑って言う。

「スピア、可愛いよね。でも、ブラストウィップもかっこいいと思うよ」

「あたしもウィップ好き！」

「あたしブラストナックル！」

チェルシーも含め、女の子たちは人気番組の話で、きゃあきゃあ盛り上がっている。

サンドラは一人、天井を見て呟いた。

「……ついていけないわ」

一方、レティシアを含む四人が案内された大きな部屋は、どこから見ても本物の体育館だった。

天井は高く、衝撃吸収機能を備えた床材が貼られ、バスケットコートがつくられている。

先程見かけた手動の車椅子の少年たちが勢いよく走り回りながら、ボールを取り合っている。

彼らが使っているのは競技用の車椅子ではなく、一般的な手動型だが、かなりの速度だ。

ジョンは笑顔で、そんな少年たちに声を掛けた。

「みんな！　元気だな！」

この場合、この感想は間違いではない。

クリフが、彼らを案内してきた看護師に尋ねた。

「予備の車椅子はありますか？」

「えっ？」

「あの子たちと遊んでくれって言われたので」

その看護師も二十代に見えたが、ベッキーよりは年上だろう。名札には『モナ』とある。

困ったように言ってきた。

「でも、健常者がいきなり座っても、移動だけならともかく、バスケットは無理よ」

「大丈夫です。昔、使ってましたから」

モナは驚いて、自分より頭一つ分以上も背の高い青年を見上げた。

「怪我か何か？」

「そうです。ちょうどあの子たちくらいの時に足をやっちゃって、二カ月、車椅子生活でした」

チャドがからかった。

「だけど、今のクリフが車椅子に収まるかな？」

クリフはこの班の男子の中でも一番大きいので、本人もそれは気になる様子だった。

「そうだな。今の体重は百キロくらいだから、あの車椅子だと厳しいかもしれない」

一般的な車椅子の耐荷重は百キロである。

体重百キロと聞けば、誰でも『肥満（ひまん）』と判断するだろうが、クリフを見て、『太っている』と言える人間は恐らく一人もいない。彼はスポーツ万能で、抜群にスタイルがよく、すらりと細身にさえ見える。

鍛錬のたまものである。

モナが言った。

「耐荷重百五十キロの型もあるから、持ってくるわ。あなたたちは大丈夫かな？」

ジョンが答える。

「さすがに百キロはないです」

「こっちは余裕でクリアです」

チャドは自分とレティシアを一括りにして答え、レティシアは、やる気満々のジョンに尋ねた。

「車椅子の経験はあんの？」

「ない。クリフが経験者なら、教えてもらおう」

モナは一度体育館を出て、すぐに戻ってきた。手ぶらで歩く彼女の後ろから空の車椅子が四台、親鳥の後を追う雛のように並んでついてくる。

チャドが感心して言った。

「へえ、自動でついてくるんですね」

モナが答える。

「そうなの。一人で何台でも運べるから便利なんだ。ちょっと待ってね。今、手動に切り替えるから」

四台の車椅子の操作をして、その一台をクリフに差し出した。

「これは耐荷重百五十キロだから、きみでも大丈夫。他の三台は標準型ね」

ジョンがさっそく車椅子に収まった。

教わる前から、あれこれ動かしている。

前に進んだり止まったりは比較的すぐに覚えたが方向転換にちょっと手こずっている。

クリフも大型の車椅子に慎重に収まった。

こちらは経験者なだけあって自在に動いているが、以前とはやはり勝手が違うらしい。

「すごいな。十年ぶりだけど、操作性が段違いだ」

レティシアとチャドは顔を見合わせた。

「やっぱ、俺たちもやんの？」

「自信ないんだけどなあ……」

　しかし、これも実習の一環である。

　二人とも車椅子に座って、操作を始めたが、そう簡単に扱えるものではない。

「へえ、意外と速く動くもんだな」

「えっと、どうやって曲がるんだ？」

　二人がもたもたしている間に、クリフとジョンはコートに入り、少年たちに声を掛けていた。

「俺たちも混ぜてくれないか」

「ちょうど三対三になるだろう。試合しよう」

　バスケットに夢中だった少年たちは車椅子を止め、顔を見合わせると、揃って不満を訴えた。

「フェアじゃないよ、そんなの」

「おじさんたち、座ってても大きいじゃん」

　二十歳でおじさんと言われてしまう大学生二人は苦笑するしかない。

　だが、何事にも前向きなジョンと天然のクリフはそんなことでは引き下がらない。

「そうだな。俺たちはシュートはしないよ。パスと守備に専念する」

　クリフの提案にジョンも頷いて、元気な子どもたちには好感度抜群の笑顔で名乗った。

「きみたちの試合だからな。俺たちはただの手伝い。それでどうだ？　俺はジョン、彼はクリフだ」

　少年の一人が声を上げた。

「ぼくもジョンだよ」

　ジョンは同じ名前の少年に笑いかけた。

「そうか。では、チャンプと呼んでくれ」

「何の王者（チャンピオン）なの？」

「ただの名前だ。ジョン・チャンピオン」

　少年ジョンはうらやましそうな顔になった。

「いいなあ。かっこいい」

「きみは？」

「ジョン・タッカー」

　他の三人の少年も、それぞれケヴィン・トーマス、エリック・コール、トミー・フライと名乗った。

ジョンあらためチャンプが組み分けをする。

「俺はジョンとエリックの組、クリフはケヴィンとトミーの組に入る。いいかな？」

「……いいよ」

「それじゃあ、始めよう！」

ここでチャドが素早く車椅子から下りて進み出た。

「じゃあ、俺は審判」

彼が投げたボールをケヴィンとジョンが取り合い、ケヴィンが取った。片手で器用にドリブルしながら反対の手で車椅子を扱ってゴールに迫る。

かなりの速さだ。

ジョンとエリックが素早く両手で車椅子を漕いでケヴィンを追いかけたが、その二人の前にクリフが割り込んだ。車椅子の操作では少年たちのほうが断然上なので、クリフのブロックを難なくかわしたが、その間にケヴィンは見事にシュートを決めている。

「おじさん、やるじゃん！」

ケヴィンのチームメイトのトミーが声を掛けると、クリフは笑って言い返した。

「おじさんじゃないぞ。クリフだ」

威圧的ではなく、子どもに対して下手に出すぎることもない絶妙な口調に、トミーも笑顔になる。

レティシアも車椅子を飛び降りて、コートの外に転がったボールを拾った。

「んじゃ、俺は球拾いに専念するわ」

コートに投げ返したボールはチャンプが取ったが、あっという間にケヴィンに奪われてしまう。

チャンプは猛烈な勢いでその後を追った。

まさに猪突猛進だ。

しかし、彼は車椅子を操作するのは初めてだ。

腕力と体力に任せてまっすぐ進むことはできても、方向転換にまごつくのは当然だ。とはいえ、そこでめげないのがジョン・チャンピオンである。

「うおお！　難しいぞ！」

笑いながら吠え、楽しげに車椅子を操作している。

この試合の様子を、電動車椅子の老人と老婦人が微笑ましく眺(なが)めていた。

「いやあ、若い人は元気だねえ」

「本当にねえ……」

少年たちはまさに小さな怪獣だった。

疲れ知らずで、縦横無尽(じゅうおうむじん)に走り回っている。

その少年たちに負けじと競り合っているクリフとチャンプも相当な体力の塊だ。

チャドは心底、感心したように言ったものだ。

「よく続くよなあ……」

レティシアも呆れたように言った。

「ああいうの、体力お化けって言うんだよな」

「俺には真似できない」

ぼやいて、チャドは見学のお年寄りに話しかけた。

「お二人とも、ここは長いんですか?」

見た目は軽薄なチャドだが、年長者にはきちんと敬語を使う。そのせいか、お年寄りにも受けがいい。

「検査入院だけなんだが、何のかんのと退院させてくれなくてね。暇をもてあましているわけさ」

「わたしは腰をやっちゃって。歳を取ると、治りが悪くてねえ。もう一カ月、お世話になっているの」

レティシアもさりげなく聞き耳を立てていた。

まさに今の課題(情報収集)にうってつけの人材である。チャドも病院の問題点を聞き出そうとしたらしいが、車椅子の老人も老婦人も、おっとりした性格のようで、期待した不満や悪口は出てこない。

食事は健康的で美味(おい)しいし、看護師さんは親切で、診察は丁寧でと、誉め言葉ばかりが出てくる。

「それにねえ。この前なんて、レオン・ヴォルフの演奏会を開いてくれたのよ」

「有名な人なんですか?」

チャドもレティシアもその人物を知らなかったが、談話室で同じ話を聞かされたマージは違った。

驚きの歓声を上げていた。

「あの天才ヴァイオリニストのレオン・ヴォルフ? 彼がこの病院で演奏したんですか?」

「そうなんだよ」

談話室の老人たちも穏やかそうな顔ぶれだった。

老人特有の気むずかしさも感じさせず、若い彼らと気さくに話している。

ギルとブルースも如才(じょさい)なく話を合わせた。

「古典音楽(クラシック)がお好きなんですか？」

髪の真っ白な上品な老婦人が微笑して頷く。

「若い人には馴染みがないでしょうけどねえ」

すかさずマージが答える。

「いいえ、古典音楽(クラシック)は大好きです。レオンの演奏も、一度は生(なま)で聴いてみたいと思っているんですけど」

老婦人は意外そうな顔になって瞬(まばた)きした。

「あら？　それなら、近いうちに機会があるのじゃないかしら。あなたたち、セム大生でしょう」

「はい。そうですが……」

「確か、次の大学祭で演奏すると聞いたわよ」

マージが顔を輝かせた。

「本当ですか？」

恰幅(かっぷく)のいい老人が笑って言う。

「そうだな。あれは聴いておいたほうがいい」

白髪の老婦人も笑顔で頷いている。

「あなたたちといくつも違わない、お若い人なのに、さすがに百年に一人の天才と言われるだけのことはあると思ったわ。本当に素晴らしい演奏だったもの。思い出すだけで、寿命が延(の)びる気がするのよ」

車椅子の老人も何度も頷いている。

「まさに。あれこそは天上の調(しら)べというものだろう。わたしなぞは逆に、お迎えが来るかと思ったよ」

談話室は噂話(うわさばなし)の宝庫でもある。

長期入院の老人たちは情報収集に長(た)けているのか、その演奏家と、この病院についても話してくれた。

「彼は五歳の頃にはもう並外れた才能を発揮(はっき)して、神童と言われていたそうよ。だけど、かわいそうに、生まれつきの難病に冒されていて、到底、大人にはなれないだろうと宣告されていたんですって」

「小さい頃はこの病院に長期入院していたそうだ。ここには難病治療研究センターがある。その分野で有名な先生もいる。先生の開発した治療のおかげで、彼は難病を克服した。それどころか、演奏家として活動できるまでになったんだ」

マージは驚いて老人を見た。

「それは知りませんでした」

何事にも慎重なブルースも感心したように意見を述べた。

「すごいことです。ただ健康になっただけじゃない。プロの演奏家にまでなったんだから」

無愛想なギルも珍しく感情を露わにして言った。

「ヴァイオリンの演奏は恐ろしく体力を使うからな。趣味で弾くのとはわけが違う。本人の努力も相当なものがあったんだろう」

老婦人が頷いて言う。

「そうなのよ。あの演奏会は、その恩返しの意味もあったんじゃないのかしらねえ」

体育館では同じ話を聞いたチャドとレティシアが、やはり感心の声を洩らしている。

「そんなことがあったんですか……」

「開発した治療って、何かな？　外科なら手術って言うだろうから、外科じゃないってことか」

体育館の老人たちが答えてくれる。

「そうだよ。確か内科の先生だ。今ではこの病院の専属というわけじゃないようだがね」

コートではまだ三対三の試合が続いている。

またボールが外に飛び出したので、レティシアが拾いに行こうとした時、ベッキーがやってきた。

「ケヴィン。時間よ」

呼ばれたのは車椅子の少年たちの中でもひときわ活発な少年だったが、露骨にいやな顔になった。

楽しい時間を邪魔されたのだから仕方がない。

このくらいの歳の少年にはよくあることだ——と大学生一同は思ったが、それだけではなかった。

驚いたことに、少年は素早く車椅子を操作すると、迎えの看護師と正反対の方向に向かったのである。

「ケヴィン！　だめ！」

「ベッキーが慌てて止めたが、遅い。

　少年は試合時に勝るとも劣（おと）らない勢いで車椅子を漕ぎ、体育館から逃げ出してしまったのだ。

　チャンプが驚いて尋ねる。

「どうしたんです？」

「リハビリの時間なのよ。もう歩く練習をしなきゃいけないのに、あの子、それをいやがって……」

　クリフが立ち上がった。チャンプもだ。

「捜してきます」

「俺も」

　レティシアとチャドも同調し、体育館を出ようとしたところで、チャンプが確認を入れる。

「さっきのように車椅子を自動に切り替えて、呼び戻すことはできないんですか？」

　ベッキーは首を振った。

「利用者が使っている時はできないの。ケヴィンが自分で切り替える必要があるのよ」

　レティシアも尋ねた。

「見つけたら、ここに連れてくればいいのかな？」

　チャンプが否定する。

「いや、それよりリハビリをする場所に連れていくべきだろう」

　すかさずベッキーが答えた。

「第三病棟の二階。見つけたらそこへ連れてきて。お願いしてもいいかな？　わたしは他の患者さんのお世話があるから」

　彼らはもちろん快く引き受けた。

　そして病院内の探索（たんさく）に出かけたのである。

4

　四人が体育館を出た時には、ケヴィンの姿はもうどこにもなかった。何とも素早い。

　通りかかった看護師を呼び止めて尋ねてみる。

「車椅子の少年が通りませんでしたか？」

「いいえ。見ていないけど、外来？　入院患者？」

「入院患者です」

「それなら、案内所で問い合わせてみるといいわ。自立歩行や車椅子移動のできる患者さんは、みんな腕輪（リストバンド）をしてもらっているから。病院内にいるなら居場所がわかるわ」

　案内所は中央病棟の一階にあるという。

　彼らは礼を言って、案内所を目指した。

　歩きながら、クリフが感心したように言った。

「今の技術はすごいなあ。俺が入院していた時には、患者の認証なんかできなかったよ」

「へ？　学生証と同じ仕組みじゃねえの？」

　レティシアもだいぶ、『こっちの魔法』に慣れてきている。学校の中だけとはいえ、自分の居場所が機械を通して一発でばれるというのは、ありがたくないと同時に驚きでもあった。

　同じことが病院でできても少しもおかしくないと思っていたのだが、クリフは首を振った。

「学生は基本的に四年間、在籍するんだ。ぼくたちみたいな医学部は六年。学生の認証の変更は一年に一度でいい。入院患者みたいに入れ替わりが激しい対象に認証をつけて管理するのはたいへんだよ」

　チャドも言った。

「普通の病院なら認証までは必要ないんじゃないか。看護師の眼が行き届いているはずだからさ。だけど、この広さじゃあ、お年寄りや子どもの患者が迷子になったあげく、何時間も見つからなかった、なんて、あっても不思議じゃない気がする」

　クリフが頷いた。

「俺も覚えがあるよ。車椅子で動けるようになると、退屈で退屈で、まずやるのは病院内を探検すること。慣れてきたら、鬼ごっこやかくれんぼもやったな」

　レティシアはまた驚いて尋ねた。

「車椅子でかくれんぼ？　そんなことできんの？　すっげえ目立つぜ」

「意外とできるんだ、それが」

　案内所まで行った彼らは身分証明書を提示して、ケヴィン・トーマスの居場所を尋ねた。

「リハビリの予定なのに雲隠れしちゃったんです」

　端末を見ながら、中年の係員が言う。

「同姓同名の患者さんがお二人いらっしゃいます。どちらのトーマスさんですか？」

「車椅子を使っている十歳くらいの男の子です」

　係員は頷いて、教えてくれた。

「第三病棟の三階、３５７号室です」

「そこはケヴィン自身の病室ですか？」

「そうですよ」

　礼を言って、彼らは第三病棟を目指した。

　広い病院なので、足元の床記号（フロアサイン）が頼りである。

　途中、レティシアは独り言のように呟いた。

「リハビリの場所は第三病棟の二階だろう。なのに、何でわざわざそこへ逃げるんだ？」

　確かに――と、他の三人も頷いた。

　第三病棟の入口には職員詰所（スタッフステーション）がある。

　本来なら面会者以外の部外者は入れない病棟だが、研修生の身分はこんな時に便利である。

　すんなり中に通された。

　第三病棟には二カ所のエレベーターホールがあり、一カ所につき六基の昇降機が並んでいる。

　ケヴィンと行き違いになる可能性を低くするため、彼らは二手に分かれて、三階に上がった。

　３５７という病室番号からもわかるように、この階（フロア）だけでも、相当な数の病室と病床がある。

チャンプと組んだレティシアは階層図を確認して、北廊下と記された通路を進み、357号室に着いた。

357号室は四人部屋だった。空の寝台の一つに、確かに『ケヴィン・トーマス』と名札がある。

先に到着していたクリフとチャドが二人を見て、肩をすくめてみせた。

「空振りだ」

「俺たちがここに来る間に出ていったかな?」

「また案内所に問い合わせるか……」

「いや、ちょっと待った」

レティシアは言って、前に進み出た。

空の寝台の枕をひっくり返し、毛布を剝がして、マットレスの下に手を突っ込む。

他の三人は呆気にとられていたが、レティシアがマットレスの下から摑み出したものを見て、クリフは驚いたように眼を見張り、チャドは呆れたように肩をすくめ、チャンプは感心したように頷いた。

「案内所は間違っていなかったわけだな」

レティシアも苦笑して言う。

「あのくらいの餓鬼ならやりそうだと思った」

ケヴィン・トーマスの腕輪だった。

これが『こちらの魔法』の欠点だとレティシアは思っている。

その魔法に慣れているこちらの人たちは、認証と本体を同列のものと考えがちだが、どんなに便利な端末であっても、あくまで道具に過ぎない。

身体から離してしまえば、何の意味もないのだ。

となれば、頼りになるのは人の耳目である。

他の二つの寝台も空だったが、残り一つの寝台にケヴィンより少し年下の少年が上体を起こしており、母親らしい若い女性が付き添っていた。

医療関係者にも見舞客にも見えない大学生たちに、母子は眼を丸くしている。

レティシアが母子に眼を向けると、尋ねる前から、少年が口を開いた。

「おじさんたち、ケヴィンを捜してるの?」

レティシアは（意外にも子どもには好感度抜群の）人なつこさを発揮して、笑顔で尋ねた。

「そうなんだよ。看護師さんたちも困ってるんだ。リハビリの時間だってのに、いなくなっちゃってさ。どこへ行ったか知らないか？」

「エイミーのとこだよ、たぶん。五階の病室の子」

少年の寝台には『ケント・ヘイワード』と名札がかかっている。レティシアはさらに訊いた。

「エイミーはケントの友達かい？」

「ぼくは会ったことない。まだ歩いちゃだめなんだ。エイミーもだよ。部屋から出ちゃいけないんだって。だから、ケヴィンが行ってるんだよ」

少年は嬉しそうに続けた。

「あと少しで、歩いてもいいんだって。そうしたら、ぼくもエイミーに会いに行くんだ」

「そっかあ。そりゃあ楽しみだな。その子の名字はなんて言うんだい？」

「エイミー・スワンだよ」

シェラが見たら盛大に顔をしかめたに違いないが、レティシアは、得意そうに答えた少年に、にっこり笑いかけてやった。

「ありがとうよ、ケント。助かったぜ」

傍（かたわ）らの母親にも如才なく目礼して、病室を出る。他の学生も彼に倣（なら）って、後に続いた。

廊下を歩きながら、レティシアは提案した。

「今度は三手に別れて行こう。昇降機を一人ずつで押さえておいて、二人がエイミーの病室へ行く」

チャンプが頷いた。

「そうだな。それなら確実に捕まえられる」

「病室へ行くのは、やっぱりクリフがいいんじゃね。同じ車椅子の経験をしているわけだしよ」

「わかった。レットも一緒に来てくれ」

「え？　俺よかチャドのほうがいいんじゃねえの？　子どもの扱いうまいもん」

すると、無邪気な大男は、レティシアを見つめて、まったく悪気なく言ってのけた。

「いや、きみが適任だと思う。ぼくたちの中で一番、あの子に年齢が近い」

他の顔ぶれは二十歳、レティシアはまだ高校生の十七歳だから、クリフの主張は間違ってはいないが、レティシアは思わずぼやいた。

「小学生と一緒にされてもなあ……」

リーダーシップの塊のチャンプが明るく言う。

「一緒にはしていない。クリフは年齢が一番近いと言っているだけだ。俺もきみが適任だと思う」

「しゃあねえか……」

苦笑しながら、実は一番歳食ってるけどな——と、胸の内で考える。

レティシアは自分の正確な年齢を知らない。

一度死んで、あの黒い天使の力で再びこの世界に生を得たわけだが、死んだ当時の自分は、二十代の半ばくらいだっただろうと自覚しているだけだ。

この状況はヴァンツァーも同じである。

二人とも、十代をもう一度やり直すことになったわけだが、そのことには抵抗はなかった。

この新しい世界は何もかも見知らぬことばかりで、毎日が未知との遭遇だったからである。

特に科学と呼ばれている技術はすべて魔法としか思えなかった。とりわけレティシアが今取り組んでいる医学は、彼の知っている医術とは桁が違った。

レティシアの常識では致命傷だった深い傷も出血多量も、医薬の手の届かない死病に罹患した人間も、元通りに回復させることができる。

しかも、それは特別な能力や条件を要する魔法の類ではなく、勉強次第で誰でも習得できる技術だというのだから、レティシアはある意味、感心した。

（こいつあ、おもしれえや）

と、彼は彼なりに熱心に学んでいるのである。

そんなこちらの医学でも、未だに治せない病気はある。医学部に入って初めて知ったことだが、日進月歩の勢いで新しい技術や治療法が開発されており、画期的だった新技術や常識が、十年と経たずに時代遅れになることすら珍しくないという。

　五階に上がったレティシアとクリフは、看護師にエイミー・スワンの病室を尋ね、階層図を確認した。

　普通、病院の廊下というものは、特に病室の並ぶ病棟は見通しがいいようにつくられている。

　現に三階はそうだった。

　しかし、この五階は少し様子が違っている。

　職員詰所（スタッフステーション）を挟む形で、北廊下と南廊下の主な通路が伸びているのは変わらないが、階層図によると、途中に、やたらと左右に曲がる角がある。

　その先は突き当たりだったり、さらに曲がったり、なかなかに複雑なつくりになっている。

　エイミー・スワンの525号室は北廊下を進んで、角を曲がった先にあった。

　レティシアとクリフは北廊下を進んでいったが、三階とはだいぶ雰囲気も違う。

　三階はほとんどの病室の扉が開け放たれていたし、廊下を歩く患者や面会人の姿も多かった。開放的で、話し声や笑い声も聞こえた三階に比べ、どの病室も扉が閉まり、廊下を歩く人の姿もない。ひっそりと静まりかえっている。

　クリフは居心地が悪そうに歩を進めていた。

　途中に似たような曲がり角がいくつも現れるので、少し戸惑ってもいた。無理もない。

　慣れない人間なら迷って当然のつくりだ。

　一方、レティシアは525号室への道筋を完璧（かんぺき）に頭に入れている。迷わずに目当ての角を左に曲がり、突き当たりの丁字路を今度は右に曲がった。

　すると、ちょうど真正面からやってくる車椅子のケヴィンと出くわしたのである。

　レティシアたちも驚いたが、ケヴィンも驚いた。

『やべっ！』という顔になり、素早く方向転換して逃げようとしたが、今度はそのケヴィンの後ろからチャンプが現れ、すかさず車椅子を押さえた。

　どうやら、チャンプは昇降機を下りたケヴィンの後をずっとつけてきたらしい。

「離せよ！」

ケヴィンがなぜか、小声で抗議するが、もちろんチャンプは手を離さない。

余裕の表情で話しかけた。

「リハビリから逃げるとは、意気地がないぞ」

「——離せって！」

レティシアとクリフも廊下を進んで、チャンプと合流しようとした時だ。

誰もいない廊下に、少女の声が響いた。

「そこにいるの？　ケヴィン？」

ケヴィンが慌てて、車椅子の操作を取り戻そうともがいているが、チャンプはそうはさせない。

車椅子を押して前に進んだ。

レティシアとクリフから見ると、左手が窓で外の景色が見え、右手は壁になっている。

その壁にも大きな窓が現れた。

カーテンは掛かっていないので、室内がすっかり見えるようになっている。

中にケヴィンと同い年くらいの女の子がいた。

窓枠に手を掛けて、硝子（ガラス）に顔を近づけて、廊下の様子を窺（うかが）っている。

色白の肌の、可愛らしい女の子だった。

黒い髪をポニーテールに束（たば）ね、ぞろぞろと現れた学生たちを見て、大きな黒い眼を丸くしている。

あまり丈夫そうな質（たち）でないのは一目でわかったが、特に病気にも見えなかった。

硝子越しに見える病室は個室で、広くはないが、狭苦しいと感じるほどでもない。

玩具（がんぐ）や人形、本などがたくさん置かれている。

そして窓の隣の扉には大きく『開放厳禁』とある。

しかし、この扉は室内には直接つながっていない。『開放厳禁』の扉を開けると、奥にもう一つの扉があるという仕組みだ。

まだ予科生の彼らには、少女の病状などは見当もつかないが、この事実だけでもわかることがある。

この少女はケントと違って歩くことはできる。

だが、『この病室から出られない』のだ。

この位置からは確認できないが、この少女専用の化粧室も室内にあるに違いなかった。

少女はおずおずと尋ねてきた。

「お兄さんたち、誰？」

少女の声は窓の下から聞こえてくる。音響機器を通した声だ。

小さな子に初めて『お兄さん』と呼んでもらえたクリフが笑顔で言った。

「俺はクリフ、彼はレット。そっちがチャンプ」

「あたし、エイミー」

今度はレティシアが笑顔で言った。

「知ってる。ケヴィンの友達だろ？」

そのケヴィンは何とも複雑な顔をしていた。

背もたれについているハンドグリップをがっちり押さえられているので、身動きができないのだ。

チャンプが病室のほうに車椅子を向けているので、ケヴィンもエイミーを正面から見ている。

逃げ出したところを捕まったわけだから、少年が複雑な表情になるのも無理はないが、少女はそんな少年に笑顔で話しかけた。

「今日もバスケットしてきたの？」

「ああ、うん……」

大学生の三人に囲まれているせいか、ケヴィンの言葉は歯切れが悪い。

逆に少女は嬉しそうだった。

「あのね、もうすぐ出られるかもしれないの」

ケヴィンも顔を明るくして身を乗り出した。

「ほんとに？」

「うん。今度のお薬が効いたら、そうしたら、外に出てもいいんだって」

「俺が病院、案内するよ。でさ、体育館に来なよ。さっきもシュート決めたんだぜ」

「うん。見に行くね」

ケヴィンはエイミーに格好いいところを見せたいのだろう。

　エイミーもケヴィンと話すのが楽しいらしい。微笑ましい逢瀬(おうせ)を邪魔する野暮(やぼ)はしたくないが、このままここで話し込むわけにもいかない。

　チャンプが屈託のない笑顔でケヴィンに言った。

「そのためにもリハビリを頑張らないとな！」

　この時ばかりは、チャンプのデリカシーのなさがありがたいと思いながら、レティシアは頷きを返し、少女に笑いかけた。

「そんなわけで、ごめんな、エイミー。ケヴィンは歩く練習をしないといけないんだ」

　少女は残念そうな様子だったが、健気(けなげ)に微笑んだ。

「わかった。頑張ってね。――お兄さんたち、また会える？」

　レティシアは本当に困った顔をしてみせた。

「ここまで来るのはちょっと難しいかもしれないな。今度は外で会おうや。楽しみにしてるぜ」

「うん！」

　少女は明るい顔で頷いた。


　窓越しに手を振ってその場を後にすると、一同は職員詰所(スタッフステーション)前で待っていたチャドと合流し、看護師に伝言を頼んだ。

「小児科病棟のベッキー看護師に伝えてください。ケヴィンをリハビリセンターに連れていくって」

　昇降機で下りる間も、ケヴィンはむっつりと黙り込んでいたが、クリフが笑顔で話しかけた。

「エイミーがいるのは無菌室かい？」

「……知らない」

　レティシアはからかうように言った。

「ボーイフレンドにしては情けないぜ。それじゃあ、彼女が何の病気かも知らないのか？」

「病気の名前なんて、エイミーだって知らないよ。ただ、外の空気が身体によくないって言ってた」

　エイミーを見ていないチャドが励ますように言う。

「へえ、それでケヴィンが話し相手に行ってたのか。いいとこあるじゃん」

「……別に」

仏頂面のケヴィンに対し、チャンプは相変わらず空気を読まない。

「可愛い子だったからな。しかし、あの子と仲よくなりたいなら、勇気のあるところを見せないと」

ケヴィンは顔色を変えて、チャンプを振り返った。『勇気がない』と言われては、男の子として黙っていられないはずだが、ケヴィンは何も言い返さず、車椅子に沈み込んだ。

二階に下りた彼らは、ちょっと戸惑った。

どうやら二階全部がリハビリセンターのようで、床の表示を見ると、いくつもの部屋に分かれている。目的や度合いによって訓練法が異なるのだろう。プールまである。

どこへ連れていけばいいのか、見当がつかない。職員詰所(スタッフステーション)で問い合わせるべきか、迷っていると、渡り廊下の先からベッキーが急ぎ足でやってきた。

車椅子のケヴィンの前で少し屈(かが)んで、少年の顔を覗き込むようにして訴える。

「ケヴィン。どうしたの？」

少年はむっつりと答えない。

「プールのリハビリはあんなに熱心だったじゃない。もう少しなんだよ？」

「……じゃないか」

「え？」

少年は顔を上げて、噛みつくように叫んだ。

「……ベッキーは嘘つきだ。治るって言ったのに。リハビリなんか、やったって無駄じゃないか！」

ベッキーは心から相手を励ます笑顔で言った。

「嘘じゃないよ。ケヴィンの足はきれいに治ってる。先生もそう言ったよね。あとは動かす練習をすれば、また歩けるようになるんだから……」

「すっごく痛かったのに！　全然歩けない！」

「そりゃあ一回のリハビリじゃあ、無理だってば」

「二回やったよ！」

「二回でも無理だよ」

「じゃあ、何回やれば歩けるのさ！」

「ケヴィン。それは人によって違う。歩けるようになるまでやるのがリハビリなんだよ」

「嘘つき！」

「だから嘘じゃないってば」

堂々巡りである。

研修生四人は完全に置いてきぼりにされている。

気遣いのできるチャドがさりげなく言い出した。

「それじゃあ、俺たち、この辺で……」

自分たちのような部外者は退散したほうがいいと判断しての言葉だった。

ところが、徹底的に空気を読まないチャンプが、ごく普通にクリフに尋ねたのだ。

「クリフもこんなにリハビリをいやがったのか？」

場の空気が凍りついたように感じたのは、決してレティシアの気のせいではないだろう。

チャンプが意図してか、それとも本当に無意識にこの問いを発したのかはわからない。

全員ひやりとしたが、悪意ゼロの大男だけはその空気がわからない。

「変なことを言うんだなあ」

眼の前にかつての自分と同じ状況の少年がいるとわかっているのか、それとも気づいていないのか、クリフは楽しげに当時を振り返った。

「いやだなんて思った覚えはない。面食らったのは確かだけど」

「面食らった？」

クリフは笑顔で頷いた。

「そうなんだ。当時の俺はギプスが外れさえしたら、走るのはさすがに無理だとしても、その日のうちに、普通に歩けると思ってたんだ。少し考えてみれば、何週間も固定したまま動かさなかった足なんだから、そんなにすぐに使えるわけがないってわかりそうなものなんだけどな、当時は軽いパニックに陥った。自分の足なのに、自分の足じゃないみたいで、全然言うことを聞いてくれないんだ」

ケヴィンが無言でクリフの顔を見上げる。

レティシアがさりげなく援護に回った。

「それでも、やめようとは思わなかったんだ？」

クリフは不思議そうに首を傾げた。

「当然だよ。リハビリをすれば歩けるようになる。やらなかったら歩けない。その状況でやらない選択肢はないだろう」

チャドが苦笑しながら、さらなる助け船を出す。

「簡単そうに言うけど、痛いんじゃないか？」

「もちろんだよ」

これもクリフにとっては答えのわかりきっている問いだったらしい。

この同級生はいったい何を言っているんだろうと怪訝そうな顔で、力強く言ったものだ。

「だけど、それが何だっていうんだ？　俺の目標はもう一度、元通りに走ることだった。そのためには歩く練習が必要なんだから。リハビリあるのみだ。熱が入りすぎて何度も転んだよ」

ベッキーが慌てて言ってきた。

「そんなリハビリはやりすぎだよ！」

クリフは懐かしそうに笑って頷いた。

「当時の看護師さんにも言われたな。『いい加減にしなさい！』『あんまり無茶するとまたギプスからやり直しだからね！』って脅されたんだ」

「それは脅しじゃない。単なる事実」

ベッキーの指摘にもクリフは笑って首を振った。

「無茶してるつもりは本当になかった。毎日起きるたびに足がよくなっているのがわかるんだ。昨日はできなかったことが今日はできるようになってる。それが楽しくてね。すごくやりがいがあったよ」

おおらかな巨人はどこまでも前向きである。

チャドが再び突っ込んだことを尋ねた。

「治らないかもしれないとは思わなかったんだ？」

「そんなことは考えるだけ時間の無駄だよ」

「…………」

チャドの思惑としてはケヴィンに聞かせる『模範解答』が欲しかったのだろうが、天然は時に残酷だ。

撃沈したチャドは苦い顔で沈黙し、レティシアが再び援護に回る。

「歩けるようになるまでどのくらいかかった？」

「覚えていないな。いつの間にか元のように歩いて、走ってたと思う」

ここでクリフは車椅子のケヴィンに満面の笑みで言ってのけた。

「もう一度歩くんだという気持ちを強く持って毎日リハビリすれば大丈夫！　きっと治るよ」

さらに『繊細さ皆無(デリカシー)』の王者(チャンプ)が追い打ちを掛ける。

「——というわけだ。きみがリハビリをしたくない理由が『辛いから』というだけなら、残念ながら、きみは弱虫ということになる」

身(み)も蓋(ふた)もない。

ケヴィンは真っ赤になっていたが、まだ抵抗した。

「俺は、歩く練習なんかよりバスケの練習がしたい。試合を見せるって、エイミーと約束したんだ」

するとチャンプは本当に不思議そうに、理解に苦しむ顔で言ってのけた。

「立ってやる普通のバスケではだめなのか？」

凍りついた空気に、びきっと大きな罅(ひび)の入る一撃だったのは間違いない。

レティシアは舌(した)を巻くと同時に、密かに感心した。

（一種の才能だな、こりゃ……）

チャドも何とも言えない気まずい顔である。

（言う？　それ本人に言っちゃう⁉）

ケヴィンは真っ赤になって、わなわな震えている。

チャンプを睨みつけて、吐(は)き捨(す)てるように言った。

「……馬鹿にすんなよ」

チャンプは意外そうに眼を見張った。

「馬鹿にした覚えはないし、答えにもなっていない。きみは普通のバスケはやりたくないのか」

「やりたいに決まってるじゃん！　そんなの……」

今のケヴィンには『やりたい』ことと『できる』ことの間に、決して越えられない壁があるのだ。

力を落として、恨(うら)めしげに言った。

「……いつになるか、わからないじゃんか」

チャンプは変わらず明るい笑顔で言った。

「それなら、当面の目標を立てよう。俺たちの劇を見に来てくれ」

「……え？」

「セム大の大学祭で、俺たちは『新春の朝』をやる。ここからそんなに遠くないし、きみがリハビリする時間もまだある。だから自分の足で歩いてきてくれ。エイミーも一緒にだ」

ケヴィンは猛然と反発しようとしたが、その前にクリフが慌てたように割り込んだ。

「無理は禁物だよ。彼はリハビリをしたくないって言っているんだから。車椅子でかまわないんだよ」

ひび割れた氷ががらがらと崩壊していく。

チャドは呆れて声を張り上げた。

「何言ってんだよ！　話が違うじゃないか！」

クリフはきょとんとしている。

「違わないよ。リハビリをすれば治る。しなければ治らない。だけど、本人がやる気にならない以上、何も始まらないんだ。無理強いはできないよ」

チャドは苦虫を嚙み潰したような顔になり、この場では恐ろしいことに常識人の範疇に入ってしまうレティシアも、やれやれと肩をすくめた。

クリフは小児科医に向いていると思っていたが、意外な一面があったものだ。

致命的にフォローがフォローになっていない。

そのことに本人はまったく気づいていない。

チャンプの端末が鳴った。

「――ああ、わかった」

短く受け答えをして、チャンプは仲間たちを見た。

「ブルースからだ。そろそろ時間だ。行こう」

彼らの研修時間は決まっていて、もう引き上げる頃合いだったのだ。

チャドはこの気まずい場所から離れられることにほっとした顔で、クリフは何も考えていない様子で、チャンプは「約束だぞ」と笑顔でだめ押しをして、そしてレティシアは離れ際に少年に話しかけた。

「こっちの世界じゃあ、こういう台詞は性差別って言われるのかもしれないけどよ。女を守れない男に、値打ちなんざ認めたかねえな」

ケヴィンが怒りの籠もった眼でレティシアを見る。

「何言ってるの？」

「よたよた歩く練習なんかより、格好いいところを彼女に見せたいんだろ？　けど、今のおまえじゃあ、エイミーが階段で転んでも助けられないいんだぜ」

「階段なんか行くもんか……」

「おまえはな。彼女はどうかな。どっかの悪餓鬼が彼女を階段に引っ張っていったらどうするよ？」

「………」

「彼女、可愛いもんな。そうなっても、今のおまえじゃあ、それこそ指をくわえて見ているか、助けを呼びに行くことくらいしかできないんだぜ」

ケヴィンは引きつった顔でレティシアを見ている。何か言いたくても言葉にならない様子だった。


「おまえの足は治ってる。ベッキーはそう言ってる。俺はベッキーは嘘を言ってないと思うぜ」

レティシアはケヴィンの答えを待たずに踵（きびす）を返し、仲間たちの後を追った。

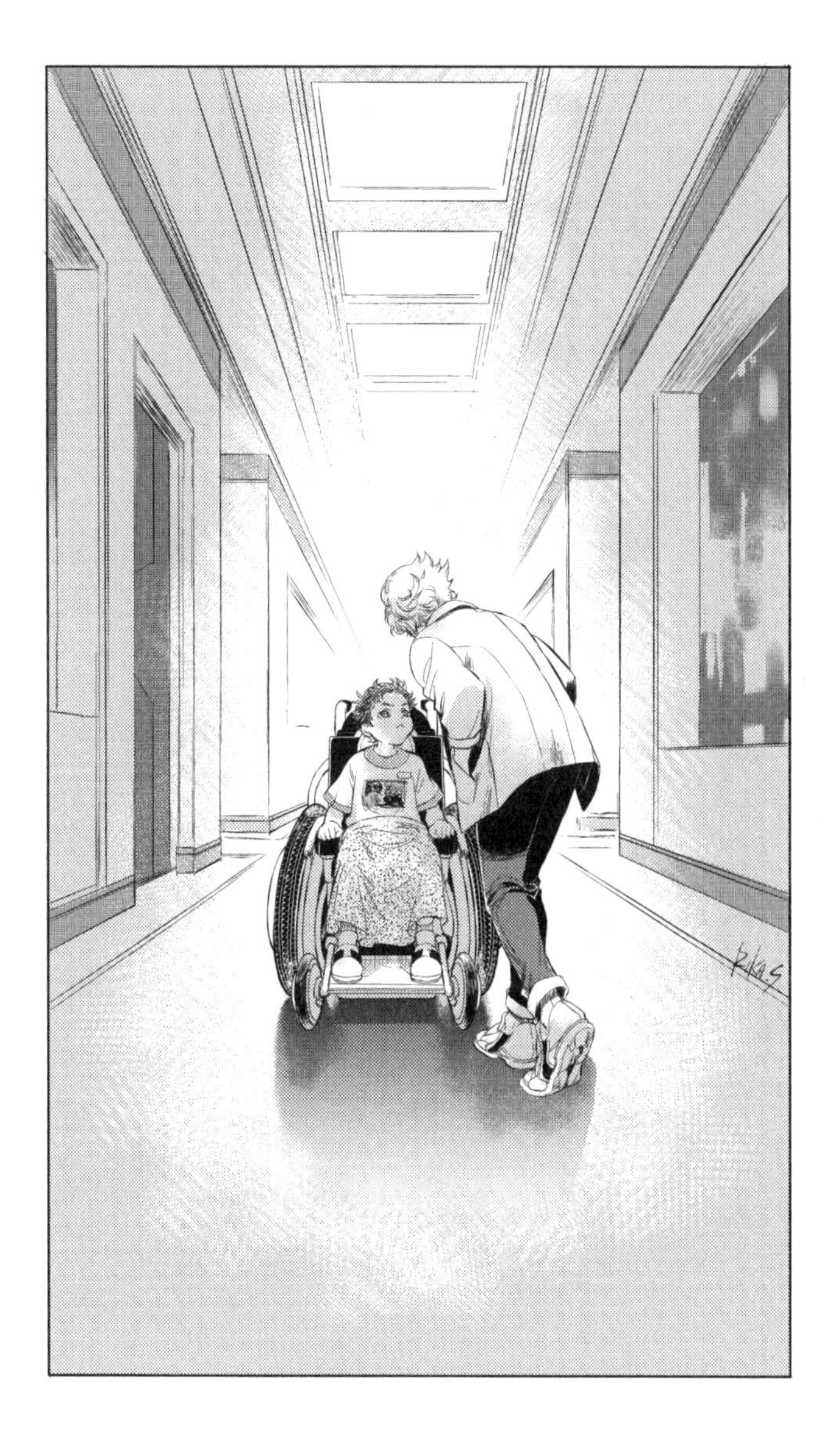

5

研修の後は班員同士の打ち合わせ（ミーティング）である。

まだ学生の彼らだが、病院側の好意で、職員用の喫茶室（きっさしつ）を使わせてもらえることになっていた。

ここは関係者専用で、患者や一般外来は入れない場所である。総勢九人の彼らが一角（いっかく）を占拠（せんきょ）しても、かなりの席が余裕で余っている。

大きな窓から光も入ってくるし、緑もふんだんに配置してある、広々と快適な空間だった。

さすがに人間の調理師はいないが、給湯器や珈琲マシンの他に、調理用の自動機械（オートマトン）がサンドイッチやホットドッグなどの軽食を無料で出してくれる。

食べ盛りの彼らは、それぞれ飲物と軽食を取って席に着き、チェルシーが珍しそうに辺りを見渡した。

「あと何年か経ったら、あたしたち、本当にここで休憩（きゅうけい）しているかもしれないね」

サンドラが指摘する。

「かもじゃないでしょ。現実にするのよ」

腹ごしらえをしながら、彼らは各自の研修内容を報告した。女の子たちの着せ替え、談話室の患者の様子、医師や職員に対する肯定的感情の有無など。

ひととおり説明して、ブルースが問いかける。

「そっちはどうだった？」

体育館に回った四人は自分たちも車椅子バスケに参加したことを話し、クリフに車椅子経験があると知った他の班員は意外そうな顔になった。

ギルが率直に言う。

「そういう経験があるのは有利だな。患者の心理もよくわかるんじゃないか」

レティシアとチャドがすかさず否定する。

「それが全然だめなんだよ」

「聞いてるこっちがひやひやしたもんな」

そこから話題は自然とケヴィンのことになった。

何事にも真面目なマージが言う。

「患者さんに治ろうとする気力がない。そういう時、医師には何ができるのかしら」

サンドラが反論する。

「それは医師の仕事じゃないでしょ。担当看護師は治っていると言っているんだから。医師はきちんと自分の仕事を終えたってことじゃない」

ギルは難しい顔で首を振った。

「そんな単純な話じゃない。その子の足がどういう状態だったのかはわからないが、外科手術で損傷を整復したのだとしたら、執刀医（しっとうい）はたまったものじゃない。手術は成功したのに、患者が歩けないままで終わったら、すなわち自分の失敗じゃないか」

確かに……と、一同、納得した。

ブルースも言う。

「リハビリにしても、医師の指示で行うはずだから、担当医にとっても他人事じゃないはずだ」

ここでチェルシーが心配そうな顔で割って入った。

「そうは言うけど、相手はまだ子どもなんでしょ？　だったら、頭ごなしに叱（しか）りつけても意味がないよ。本人をやる気にさせないと……」

マージが考え込みながら独り言ちる。

「――何か効果的な方法はないかしら」

「そうだよなあ。動機（モチベーション）づけは大事だよな」

チャドの言葉に、クリフが真顔で問いかけた。

「もう一度歩ける以上の動機が必要なのかい？」

レティシアとチャドが呆れて抗議しようとした時、意外にもチャンプがクリフを制した。

「至極もっともだが、あの少年は『リハビリすればまた歩ける』という看護師の言葉を疑っているんだ。その誤解を解くのが先決だぞ」

「本当に誤解かな？」

今度はブルースが指摘した。

「単なる逃避で、信じたくないだけかもしれない」

全員の視線がブルースに向けられた。

チェルシーが怪訝そうに尋ねる。

「怪我が治ったと言われるのは嬉しいことなのに、信じたくないの？」

ブルースは慎重な口調で続けた。

「その少年を実際に見たわけじゃないから、断定はできないけど、看護師の言葉を『嘘』にしておけば、歩けない言い訳にできるだろう」

チェルシーはきょとんとなった。クリフもだ。

ブルースは穏やかな性分だが、論客の一面もある。静かに言った。

「嘘をついているのはその少年のほうだってことさ。もちろん、本人にそんな自覚はないだろうが……」

サンドラが鋭く尋ねる。

「自己欺瞞ってこと？」

「それに近いと思う。努力してもだめだったという状況になるのを認めたくないんじゃないか」

「仮にそうだとしてもだ」

クリフは納得できない様子で抗弁した。

「あの少年は『やりたくない』と言っているんだ。それを無理に『やらせる』ことは誰にもできないよ。本人がその気にならないと」

その点は全員、同感だった。

しかし、そう言ったクリフ自身が、納得できない様子で首を捻っている。

「リハビリすればもう一度歩けるのにやりたくない。——どうしてなのかな？　俺にはわからないよ」

チャドが努めて軽い口調で言った。

「努力したのにだめだったって、がっかりするのがいやなんじゃないか。リハビリとはちょっと状況が違うけどさ、小さい頃、プロスポーツ選手に憧れて一生懸命努力したのに、プロにはなれなかった——みたいな感じに近いのかもしれない」

すると、クリフが意外そうに言った。

「それなら俺にも覚えがあるけど、がっかりなんてしなかったけどな」

「ほんとに？」

「ああ。あの少年と同じ歳くらいの頃かな。プロのフットボール選手になりたくて、一日中、ボールを蹴っていたんだ。だけど、いやでも悟る時が来る。自分にはプロになるだけの才能はないって」

チャドが大げさに言う。

「それこそ、盛大にがっかりするところだろう」

「うん。確かに残念ではあったけど、事実は事実だ。認めたくないなんてあがいても、意味がないよ」

レティシアが茶化す。

「すんげえ冷めた小学生だな」

「同じチームに俺よりずっとうまい子がいたからね。間近で見ていれば、自分との差は歴然で、ああいう子がプロになるんだと思ったよ。だけど……」

クリフはちょっと顔をしかめて続けた。

「本人もプロを目指していたのに、その子の親――特に母親が、フットボールなんかただの遊びだって、あなたがプロになんかなれるわけないでしょうって決めつけていてね。かわいそうだった」

「………」

「かと思うと、プロになれって強要する親もいたな。本人には全然そんな気はない。そもそもプロになるだけの才能もない。そのくらい本人もわかっている。ただ純粋に身体を動かすことを楽しんでいるのに、親が勝手に舞い上がって暴走しているんだ。端から見ていても気の毒だったよ」

するとマージが真顔で身を乗り出した。

「それに近い例が近所であったわ。運動ではなく、音楽だったけど。――幼なじみで、ご両親もうちの親と懇意にしてくださっていて、彼女はわたしより三つ年上だったから、小さい頃は実の姉妹のように過ごしていたの」

いつも沈着冷静な彼女には珍しく、苦い口調だ。

「でも、彼女と外で会うことはなかった。遊ぶのはいつもどちらかの家でパーティが開かれる時だった。毎日何時間も練習していて遊ぶ時間がなかったのよ。ご両親はお二人とも著名な演奏家で、娘の彼女にも音楽の英才教育を施した。彼女はその期待に見事に応えたわ。子どもの頃からヴァイオリンの天才児と呼ばれて、キングスコート音楽院に合格したの」

サンドラとギル、ブルースが眼を見張った。

「キングスコート音楽院？」

レティシアが尋ねる。

「それって、すげえの？」

サンドラが興奮気味の口調で答える。

「すげえなんてものじゃないわ。名門中の名門よ。音楽を志す人間にとっては最高峰にして最難関の学校だわ。合格率は毎年6パーセント程度だもの」

チャドが眼を剝いた。

「百人受験して六人しか受からない？」

クリフも驚いたように言ったものだ。

「医学部より遥かに難関だ……」

サンドラは真顔で頷いた。

「比べものにならないわ。あのレオン・ヴォルフもそこの出身だもの」

マージが言った。

「彼女、キングスコートのプレカレッジでレオンと一緒だったのよ」

「ほんとに⁉」

「ええ。キングスコートはプレカレッジ制度も充実しているから。――彼女が中学生の時に、小学生のレオンが入ってきたんですって。その演奏を聴いて、彼女は――絶望したと言っていたわ」

「絶望？」

「ええ。『一流の演奏家になるのは彼のような人だ。自分は違う』と嘆いていたけれど……」

マージはやりきれないように首を振った。

「決してそんなことはないのよ。彼女の演奏は素晴らしいものだった。高校生の時にプロの交響楽団と共演したくらいですもの。ご両親の伝があっても、本職の人たちに認められるだけの実力がなければ参加させてもらえないでしょう。キングスコートを受験した頃には、彼女の力量は立派に独奏会が開けるものだったと、わたしは思っている。それなのに、合格通知が届いたその日に……彼女は入学の辞退を申し入れたの」

「——冗談でしょう？」

　サンドラが眼を剝いた。

「いくらレオンの演奏に打ちのめされたからって、キングスコートを蹴る？」

　レティシアも呆れたように言った。

「そりゃあ、親は半狂乱になったんじゃね？」

　マージは苦い顔で頷いた。

「極めて異例だけど、彼女の入学辞退を知らされた学校側は、ご両親に連絡を取ったのよ。お二人ともキングスコートのご出身だし、教師の中にも親しくされている方が何人もいたから。お二人ともそれはもう驚かれて、最初は彼女を説得しようとしたの。——ご両親に頼まれて、わたしもその場にいたわ」

　年齢の近い幼なじみにも娘を説得してもらおうと考えたのだろうが、それはあくまで応援である。

　両親は最初は自分たちで、熱心に言い諭したのだ。

「レオン・ヴォルフは確かに百年に一人の天才だ。しかし、音楽は一部の天才だけのものではないんだ。現におまえはキングスコートに実力を認められたのだから、自信を持っていい。堂々と胸を張って入学しなさい。そんなふうに諭していたわ」

　ギルが頷いた。

「正しい見解だ。管弦楽団（オーケストラ）は一人ではできないんだ。均等に優れた技術の演奏家を一定数、必要とする。演奏家を目指す者ならわかりそうなものだが……」

「それが……目指していなかったのよ」

「は？」

「え？」

「まさか」

　古典音楽（クラシック）に詳しい三人は思わず疑問の声を発し、チャドがきょとんと言った。

「ヴァイオリンの天才児だったのに？」

　マージは何とも言えない顔で頷いた。

「わたしも全然気がつかなかった。彼女が言うには、音楽は……ヴァイオリンは好きでも何でもなかった。ただ当たり前のように親に与えられて、親がやれと言うから、やっていただけだって」

「よしてよ。それこそ何の冗談？」

　サンドラが呆れ返った口調で言った。

「キングスコートよ？　いやいややっていた程度で合格できるところじゃないわ」

　マージは再び真顔で頷いた。

「そのとおりよ。最初はご両親の強制だったにせよ、彼女には充分、演奏家になれる実力が備わっていた。ただ一つ……本人は初めからその未来を思い描いていなかったのよ」

　他の班員たちは眼を見張り、無言で話の先を促し、マージは幼なじみの言葉を再現した。

「――子どもの頃からヴァイオリンばかりの生活で、楽しい思い出は一つもない。それでも、こんな家に生まれてしまったんだから、育ててもらった恩義があるから、今まで親の希望に沿った道を進んできた。そう言う彼女の表情も口調も、恨んでいるようには見えなかった。怒りも感じなかった。むしろ淡々と、諦観したような様子だったのが印象に残っているわ。『お父さんもお母さんも「おまえはキングスコートに入学するんだ」「あなたなら絶対、合格できる」それしか言わなかったじゃない。そして、あたしは合格した。だからもういいでしょ』そう言う彼女は怖いくらい冷静だった。対照的にご両親は茫然自失。言葉もないご様子だった」

　チェルシーが納得できない様子で指摘した。

「……どうしてそこまでこじらせちゃったのかなあ。もっと早く、もうヴァイオリンはやりたくないって言えばよかったのに」

「ご両親もそう言ったわ」

「…………」

「そうしたら、彼女、笑ったの。ご両親に明らかな冷笑を向けたのよ。『何度も言ったじゃない。もう練習はしたくないって、ヴァイオリンはいやだって。どこに耳をつけてるの？』と」

　レティシアがすかさず突っ込む。

「で、親はそんなの聞いてないって言うんだろ」

　ギルも難しい顔で言った。

「……よくある認知のすれ違いだな。そこまで極端なのは珍しいが……」

　チェルシーは小さく嘆息して頷いた。

「そっか。きつい練習に娘が音を上げて、泣き言を言っているだけだと思ったんだね」

　ブルースも唸る。

「そんなにいやだったのに、プロの交響楽団と共演するまで上達したのか……」

　サンドラが肩をすくめる。

「しかもキングスコートに合格よ。信じられない」

　マージが言った。

「それが彼女の最終手段だったらしいの。聞く耳を持たないご両親でも、キングスコートの合格通知を拒否すれば、さすがに眼が覚めるはず。自分たちの娘がヴァイオリンを好きじゃないことを、いやでも理解して諦めるだろうって」

　じっと耳を傾けていたチャンプが口を開いた。

「その結果、彼女はどうしたんだ？」

「ご両親と決別して、家を出たわ。生まれて初めてヴァイオリン以外のことをするんだって。バイトでお金を貯めて、今は友達と一緒に周遊の旅に出ているみたい。時々、連絡をくれるけど、いつも違う星系からなの。驚いてしまうわ」

　クリフが腕を組み、納得できない様子で言った。

「それでも、俺はやっぱり、彼女がよくないと思う。自分の意見をもっと早く、はっきり言うべきだった。親御さんも気の毒だよ」

「それはどうかな」

　皮肉な口調で言ったのはサンドラだ。

「わたしは親にも問題があったんじゃないかと思う。もういやだという彼女の訴えを聞き流していたのは親のほうでしょう。『あなたのためを思って厳しくしていたのに』そんな弁解をしたんじゃないの」

　マージが軽く眼を見張った。

「まさにそのとおりのことをおっしゃっていたわ」

「それって、何でも他人(ひと)のせいにする人の特徴よ。自分が悪いんじゃないって頭から思っているのか、思いたいだけなのかは知らないけど……」

　サンドラは渋い顔で、珈琲を一口飲んだ。

「一般教養で心理学を取っていてね、患者にもそういう人がいると教わったわ。『あの新しい治療法を試していればよかった。あの時、ああしていれば、こうしていれば今頃は』そんなふうに過去の選択を嘆くのは――建設的とは言えないけれど、否定するつもりはない。誰だって後悔することくらいあるんだから。だけど、困った人はそれを――今の状況を医者のせいにするらしいの。『あの時、もっと強く言ってくれればよかったのに』って」

　チェルシーが首を傾げる。

「たとえば、どういう状況で？」

「あくまで仮の話という前提で教授が話してくれた例(ケース)だと、とある検査で、少し気になる数値が出た。『なるべく早く再検査を受けてください』と患者に伝える。患者は『わかりました』と答える。だけど、再検査に来ない。半年経っても一年経っても来ない。そして数年が過ぎてから、突然泣きついてくるのよ。『余命いくばくもないと宣告された。こんなことになるなんて思わなかった。どうしてもっとはっきり言ってくれなかったんだ』って」

　レティシアが眼を丸くした。

「……わけわかんねえ。医者はちゃんと、再検査を受けろって言ってるじゃん」

「それでは不十分だというのが向こうの主張なの。『再検査を受けなかったら命に関わるということを、なぜ教えてくれなかったんだ！』と訴えるのよ」

　ブルースが盛大に嘆息して首を振った。

「……勘弁してほしいよ」

ギルも顔をしかめている。

「医師は超能力者じゃないんだ。結果が不明瞭な段階でそこまで言い切ったら、それこそ詐欺だ」

チャドも苦い顔だ。

「手元のデータで判断できることしか言えないし、もっと詳しい状態を調べるために再検査が必要だと言っているのに、無視したのはそっちなんだから、後になって文句を言われても……」

サンドラが鋭く言う。

「彼らはそんなふうには考えないわ。はっきり言わなかった医者が悪い。医者なんだから、命に関わる病気だとわかっているんだから、初期段階で見つけられなかったそっちの失敗だ。自分のせいじゃない。そこで思考が完結するのよ」

「いや、その時点ではわかんなかったんだって」

レティシアは苦笑しながら言い、ギルが突き放すように言った。

「誰かのせいにしないとやってられないんだろうが、それこそ自己責任だろう」

ブルースもチェルシーも、マージも無言で頷いた。

クリフが理解に苦しむ顔で言う。

「それも自分で選んだ結果なのにな。医者に文句を言うのは間違ってるよ」

チャンプがおもむろに言った。

「このままだとケヴィンもそうなる」

「…………」

「…………」

何とも言えない沈黙が訪れた。

真顔になった皆の視線がチャンプに注がれる。

「もし歩けないままで終わったら、どうしてもっと強くリハビリを勧めてくれなかったんだと嘆いて、あの少年は周囲を責めるようになるんだ」

「…………」

「大人ならその選択は自己責任だが、彼は子どもだ。リハビリをやりたくないという彼の『気持ち』は、結果に対する責任を伴った大人の判断などではなく、単なるわがままだ。認めるわけにはいかないな」

　レティシアはちょっと眼を見張った。

「意外に厳しいこと言うじゃん。チャンプ」

「――チャンプ？」

　チャドが、体育館組以外の顔ぶれに、彼の新しい名前を説明する。

　皆、納得して、しばらく討論になった。

「結局、最初の話題に戻るけど、どうやって患者をやる気にさせるかだよな」

「学習塾の先生みたいだね」

「それも看護学の分野だと思うけど」

「違うって。医師にとっても他人事じゃないんだ。手術は成功させたから自分の仕事は終わりだなんて、放り出せるわけがないんだから」

「そうだよ。患者が完治して初めて、医師としての職務を全うしたと言えるんだ」

　チャンプがレティシアに話しかける。

「彼に何か言っていただろう。何を言ったんだ？」

「まあ、ちょっとな……」

　質問に対する答えは避けて、レティシアは曖昧に笑った。

「あれで奮起してくれりゃあいいんだが……」

　言いかけた時、喫茶室の雰囲気が変わったことに気がついた。

　広い喫茶室には自分たちの他に本職の医師たちや職員たちが休憩していたが、その彼らがいっせいに緊張感を放ったのだ。

　反射的に喫茶室の入口に眼をやると、男性が一人、入ってくるところだった。白衣は着ていない。

　一目で高級品とわかるスーツ姿だ。

　六十年配ながら中肉中背の体軀（たいく）は若々しく、若い頃――あるいは今でも女性が放っておかないだろう、艶（つや）のある美貌の主（ぬし）で、りゅうとした佇（たたず）まいである。

　喫茶室の人々は明らかにこの男性に、緊張と憧れ、羨望（せんぼう）の入り交じった視線を向けている。

花形（スター）や偶像（アイドル）の放つ雰囲気（オーラ）とはまた違う。

よく言えば威厳とカリスマ性に満ちあふれた人で、悪く言えば、人の上に立ち、指示することに慣れた、傲慢な印象を受ける人物だった。

（病院のお偉いさんかな？）

しかし、そんな立場の人物が単独で喫茶室に顔を出すものかと、レティシアが内心で首を捻った時、マージが笑顔で立ち上がった。

「シュミット先生」

その男性はちょっと意外そうに瞬きしてマージを見ると、意外に人好きのする笑顔になった。

「確か、プライムさんのお嬢さんだったかな？」

「はい。覚えていてくださって光栄です」

サンドラも立ち上がって笑顔で挨拶する。

「ご無沙汰しております。以前、パーティでお目にかかりました。サンドラ・ビショップです」

「おお。お父上にはいつもお世話になっているよ。きみたちは友人だったのか？」

「はい。先生の後輩でもあります」

セム大生と聞いて、男性は笑顔で頷いた。

「期待しているよ。白衣を着ていないということは、まだ研修医ではないのかな？」

サンドラは笑って首を振った。

「全然。まだ予科生です」

「パーカー教授のゼミで一緒なんです」

「そうか。パーカーくんの……」

その人物は自然の流れで、他の班員に眼をやった。

ブルースが立ち上がり、周囲の人々と同じような、緊張と憧れの入り交じった顔つきで言った。

「お目にかかれて光栄です。ブルース・バトラーと申します」

他の面々も次々立ち上がって挨拶する。

流れでレティシアも立ち上がって名乗った。

「レティシア・ファロットです」

「――レティシア？」

教授の表情がちょっと変わった。

「わたしの感覚では、それは女性の名前なんだが」

「俺のいたところでもそうですよ。おかげでだいぶ迷惑してますけど。レットで結構です」

笑いながら自分の名前を茶化したレティシアだが、相手はなぜか真顔でレティシアを見つめている。

「そうか。きみが……」

すると、その言葉を遮るように、チャンプが急に割り込んだのだ。

「初めまして。ジョン・チャンピオンです。先生の論文にはたいへん感銘を受けました」

「ほう。まだ予科生なのに、わたしの論文を読んでくれるとはありがたい。勉強熱心だね」

「恐れ入ります」

そんな話をしていると、白衣を着た年配の人物が喫茶室に現れた。慌てた様子で近づいてくる。

「シュミット先生。お待たせしてすみません」

「こちらこそ、申し訳ない。わたしが迂闊(うかつ)に病棟に顔を出すと、騒ぎになってしまうのでね」

「とんでもない。どうぞ、こちらへ……」

白衣の人物はその年格好からして、この病院では相当の地位にあるはずなのに、かなりの低姿勢で、シュミットを促した。

シュミットは歩み出そうとして、一度、足を止め、学生たちを見た。

「今後もここへ研修に来るのかな?」

「はい」

「では、また会うかもしれないな。あいにく今日は時間がないんだが、医師を志す若い人たちと話せる貴重な機会を楽しみにしているよ」

「はい!」

二人が喫茶室を出て行った後、レティシアは誰に尋ねるでもない口調で言った。

「――誰だい?」

ギルが驚いたように問い返してくる。

「知らないのか? ヘルマン・シュミット教授だぞ。医学界のスーパースターだ」

レティシアは肩をすくめて弁解した。

「言っとくけど、俺、一応、まだ高校生なんだぜ。一般教養が精一杯で、専門の論文まで読めねえよ」

クリフが笑顔でとりなした。

「誰もそこまでは要求しないよ。とはいえ、教授の顔を知らないのは不利益（デメリット）でしかない。今覚えられてよかったな」

これを聞いたチャドが疲れたように肩を落とす。

「クリフの慰め（なぐさ）は慰めになってないよな」

「――？　そうかい」

巨人は無邪気に首を傾げ、レティシアも基本的なことを尋ねた。

「そもそも、先生？　教授？　どっち？」

ブルースが説明する。

「シュミット教授は優れた研究者であると同時に、医師としての立場をたいせつにされている。だから、先生（ドクター）と呼んでほしいと、常々おっしゃっているんだ。あの人の研究で、どれだけの患者が救われたか」

ブルースは尊敬と憧憬（しょうけい）も露わに言い、ちょっと恨めしそうに女子二人を見た。

「二人ともシュミット教授と知り合いだったのか」

マージもサンドラも首を振った。

「パーティでご挨拶したことがあるくらいよ」

「わたしも。父が教授の研究室に寄付をしてるから、紹介してもらっただけ」

そう言いながら、彼女たちは嬉しそうだった。またシュミット教授に会えるかもしれないという期待が彼女たちの顔を輝かせている。

レティシアは教授が去った出口のほうを見やって、独り言のように呟いた。

「そんなにえらい医者なのか……」

感心するというよりは疑問の響きを含む口調に、ギルが怪訝な眼差しを向ける。

「教授はメディアにも頻繁（ひんぱん）に顔を出しているのに、一度も見たことないのか？」

「ないねえ。見てれば覚えてたよ」

レティシアは笑って首を振った。

「昔の知り合いに似てるんだ。雰囲気がそっくり。医者とは無縁の仕事だったけどな」

いつまでも喫茶室を占拠してもいられないので、今日はひとまずお開きにすることになった。

臨時の身分証を受付に返却して、病院を出た後、彼らは思い思いに解散した。

クリフとギルは自転車で来ている。

女子たちは、方向が同じなので、無人タクシーを拾って帰るという。チャドもちゃっかり彼女たちに同乗させてもらうようだ。

ブルースとチャンプ、レティシアは、徒歩で地下高速鉄道の駅に向かった。

三人の中ではレティシアだけが別方向なのだが、今日は友人たちと同じ車両に乗り込んだ。

「こっちに用があるもんでさ」

ブルースもチャンプも何の用かと尋ねたりはせず、空(す)いている車内で、三人は立ったまま話をした。

ブルースがちょっと気がかりそうにレティシアに提案する。

「高校との二足の草鞋(わらじ)はたいへんなんじゃないか。正式に医学部に編入すればいいのに。そうしたら、学生寮にも入れるし、大学にも近くなる」

今レティシアが住んでいるエクサス寮は高校生を対象とした寮だ。セム大からは少し距離があるのは確かだが、レティシアは笑って首を振った。

「そんなに遠いわけじゃないから、大丈夫だって。それに、高校生活も悪くないんだぜ。俺、まともに学校に通うの初めてだからさ」

「……そうか」

レティシアの出自が『普通とは違う』ことは班の皆もうすうす気づいている。

しかし、無神経の大魔王のチャンプでさえ、そこにはあえて触れようとしない。

個人の事情は、本人が話そうとしない限り、深く詮索(せんさく)しないのが礼儀であり、作法(マナー)だからだ。

次の駅に着いて、チャンプは二人に言った。

「それじゃあ、また明日」

「あ、俺もここなんだ。じゃあな」

レティシアもブルースに声を掛けて車両を出る。

思いがけず、年下の友達が同じ駅で降りたことに、チャンプは意外そうな顔になって、尋ねてきた。

「俺はジムに寄るんだが、きみは？」

「チャンプに用があったんだよ」

「——俺に？」

「ちょっと確認したいことがあってさ」

並んで歩きながら、雑談のような気楽な口調で、レティシアは尋ねた。

「さっき、妙に差し出なかったか？」

一風変わった言い回しである。意味の摑みにくい質問でもあるが、チャンプは敏感に察したらしい。

歩きながら、頷いた。

「シュミット教授がきみの名前を知っている理由は一つしかないからな」


昨年、セム大で起きた一大不祥事。

猟奇的連続殺人事件の犯人がセム大の医学生で、四人いた犯人が仲間割れの末、全員死亡したという凄惨な事件だ。

ただし、犯人の名前は公表されなかった。

その犯人に重傷を負わされながらも、生き残った被害者がいるが、その名前も公表されていない。

事件当時、医学部の中ではさすがに噂になったが、今の班員は、その生き残った学生がレティシアとは知らないはずだった。

彼らとは一年時に同じ授業を取ったことはなく、事件を知る学生は、加害者の名前も被害者の名前も口にすることを憚っているからだ。

しかし、チャンプは知っていたらしい。

レティシアはおもしろそうな視線を、隣の大きな同級生に向けた。

「それを言わせまいとしたわけ？」

「ああ。班のみんなは良識的な人間だから、事件に触れたりはしないだろうが、きみへの態度に変化が生じるのは避けられないと思ったんだ。——余計な配慮だったか？」

レティシアは『繊細さ皆無（デリカシー）』と思っていた相手の、予想外の一面に、小さく笑った。

「班長（はんちょう）。意外に気が利くじゃん」

「きみも」

「——はん？」

チャンプはレティシアを見下ろして、屈託のない笑顔になった。

「まったく態度が変わらないから驚いた」

何のことか一瞬理解できなかったレティシアだが、相手の眼を見て、言いたいことを理解した。

「——後輩から聞いたか？」

「シドニー・エイブリーは気配りのできる男なんだ。——二年生に請われて俺の事情を話したこと、その二年生はセム大の知人に頼まれたと言っていたこと、その二年生の名前はヴァンツァー・ファロットだと連絡してきた。——兄弟か？」

「赤の他人」

「プライツィヒで会った美少年も、同じ名字なのに他人だったな」

「チャンプだって同じ名前の人間は大勢いるだろ。ただの知り合いだよ」

チャンプは無言でレティシアを見た。

その視線だけで、さまざまな問いかけをしてくる。

本当にただの知人なのか？

だとしたら、親しくない相手に頼んでまで、何を探ろうとしたのか？

そうした無言の質問に、レティシアは答えた。

「チャンプがどんな人間か、知りたかったんでな」

そう言うと、相手は眼を見張った。

彼らが今いるのは華やかな通りだった。幅の広い歩道を街路樹が縁取り、高級店が軒（のき）を連ねている。

その一方、蔦（つた）の絡（から）まる集合住宅や、民具や雑貨を扱う個人商店がある。洒落た喫茶店や、通りからも見える開放的な画廊なども並んでいる。

　平日でも人通りが多いが、大型施設の軒先で立ち話をする若者たちの姿も珍しくない。

　チャンプも、道行く人の邪魔にならないように、街路樹の傍で足を止めた。

　理解に苦しむ顔でレティシアを見つめてくる。

「なぜ俺に直接、訊かない？」

　それじゃあ意味がないんだよなあと苦笑しながら、レティシアは肩をすくめた。

「訊きにくいじゃん、そんなの」

　そもそも、人物像を判断するのに、自己申告ほど当てにならないものはないのだ。

　他人の評価のほうが圧倒的に信用できる。

　もちろん、チャンプにそんな機微は通じないので、彼は善意百パーセントの熱心さで言ってきた。

「わかった。せっかく二人きりなんだ。この機会に何でも聞いてくれ」

「そこで胸を張られても困るんだって」

　苦笑しきりのレティシアである。

「誤解しないでくれよ。俺は別に、チャンプの個人情報や私生活を知りたいわけじゃねえんだから」

「では何だ？」

「攻略したくってさ。そのために情報が必要だから、あいつに頼んだんだよ」

「攻略？」

　当の本人はきょとんとなった。

「俺は何か戦いを挑まれているのか？」

　レティシアは今度こそ笑って首を振った。

「チャンプは知らなくて当然なんだ。俺が一方的に挑んでるだけなんだから。俺の『少年』にさんざん駄目出ししたのはそっちじゃんか」

　納得した表情でチャンプは頷いたものの、同時に、厳しい指摘をしてくる。

「仕方がないだろう。きみのあの演技では、少年にまったく同情できないんだ」

「……だからさ、何とかチャンプの気に入る少年を演じられるようになりたいと思ったわけよ」

　チャンプは呆れたような顔で反論してきた。

「俺が気に入る入らないを基準にされてもそれこそ困る。きみが気にするべきは観客だ。見ている人に共感してもらえなければ意味がないだろう」

「簡単に言ってくれるけどさあ……」

　レティシアは、とことん深いため息をついた。

「その共感ってやつが大問題なんだよ」

　本気で困っているレティシアを見て、チャンプはおもしろそうに言ったものだ。

「意外だな。きみは何でも器用にこなす印象なのに、苦手もあるのか」

「そりゃあな。——中でも、こいつはとびきりだ」

　後半は独り言のような言葉だった。

　事実、レティシアには最難関の課題だったのだ。

　ちょうどいい機会なので、尋ねてみることにする。

「チャンプは、あの少年の何に感動したわけ？」

　質問を具体的にしたのが功を奏したらしい。

　前と違って、相手は即答してくれた。

「彼の勇気にだ」

「——はあ？」

「少年は自分を犠牲にして少女を助けようとした。その勇気は素晴らしいものだと思っている」

　レティシアはびっくりした。ぽかんと口を開けて、頭一つ大きい相手を見上げてしまった。

「……そんなふうに見えてんのか？」

　今度はチャンプが眼を丸くする。

「それ以外にどう見えるんだ？」

　自殺志願者——とは、さすがに言えない。

　街路樹の傍らで、二人はお互い、呆気にとられて見つめ合ってしまった。

　端から見たら少々奇異な眺めだっただろう。

　チャンプは少し間を置き、真面目な口調で言った。

「正しくは——少年の起こした奇跡にかな」

「……きせき？」

　またしても、すっとんきょうな声が出てしまう。

（何がだ？　どこにあった？　そんなもの……）

ぐるぐる考えて混乱するレティシアとは対照的に、チャンプは不思議と静かな面持ちだった。

チャンプの表情はいつも明るい。

少なくともレティシアは、彼が暗い顔になったり、傷ついた表情をしたりしているところを見たことはない。

それは今も変わらないが、この時の彼の顔には、明るさだけではない何かがあった。

「きみは既に知っているだろうが、俺は子どもの頃、家族を見捨てて、一人だけ生き延びた」

「そいつはチャンプのせいじゃないだろう？　第一、覚えてもいないんだから」

「そうだ。記憶にないということは、悔やむこともできないということだ」

「………」

「だが、忘れてはならないと思っている」

チャンプはレティシアを見て、今度は晴れやかに笑ってみせた。

「『新春の朝』を初めて見た時、俺は小学校高学年だったが、衝撃だった。過去の自分にできなかったことを少年がやってくれたような感じがしたんだ。

俺もああしなくてはいけなかったんだろうが……」

「ちょっと待てよ。それをやってたら、チャンプは今ここにはいないんだぜ」

「そうなんだ」

彼はものすごく真剣な顔で頷いた。

「自らを犠牲にして人を助ける。口にするだけならきれいな言葉だが、実践できる人間は滅多にいない。

――正直なところ、俺も自信がない」

「当然だろ。命は粗末にするもんじゃない」

言いながら、レティシアは内心で苦笑している。

数え切れないほどの命を奪ってきた自分がこんな台詞を言う羽目になるとは――という自嘲が一つ。

前いた世界では、主君のために命を捧げる臣下は珍しくなかったがな――と思ったのが一つだった。

しかし、この平和な世界ではそれができる人間は極めて少ない。また、そんな必要もない。

私生活に興味はないと言ったが、少し気になって、レティシアは尋ねていた。

「――小学校高学年の時には、知ってたのか?」

チャンプはきょとんと青い眼を見張った。

「何を?」

気を遣っているのがばかばかしくなってくるなと思いつつ、レティシアははっきりと言った。

「今の家族が実の家族じゃないってことをだよ」

「それなら最初から知っていた」

「最初から?」

「ああ。今の父が俺を家へ連れていって『今日からここがジョンの家だ』と言ってくれたんだ。母も、『ジョンはエッグベネディクトが好きだったよね』と、俺の好物をつくってくれた」

レティシアは感心して言ったものだ。

「おふくろさんにとっては旦那(だんな)の兄貴の子どもだろ。結局は他人なのに、よくすんなり受け入れたな」

「いや、母にとっても実の妹の子だ」

「へ?」

一瞬ぽかんとなったレティシアだが、彼は抜群に頭がいい。状況を素早く判断して、確認した。

「父親同士が兄弟で、母親同士も姉妹なのか?」

チャンプは頷いて、

「俺の実父ウィリアム・チャンピオンは二十三歳で十九歳のカレン・ダーリングと結婚した。その際の顔合わせで、ウィリアムの弟のセオドアはカレンの姉のブライズと出会った。二人は同い年の二十一歳。学部は違ったが、偶然にも同じ大学だったことから親しくなり、四年の交際を経て結婚した。その結婚式には実の両親とともに二歳の俺も出席したらしい。――例によって覚えていないが」

「二歳なら覚えてなくて当然だろうがよ」

レティシアは言って、首を傾げた。

「何でそこまで細かく話してくれるわけ?」

チャンプは不思議そうに瞬きした。

「きみが聞きたいと言ったんじゃないか？」

　思わず苦笑が洩れる。

　どうやら、彼なりの『サービス精神』を発揮して、話してくれたらしい。

　わずか三歳で実の家族を失った。普通に考えたら悲惨な体験だが、チャンプにとって、それは本当に心の傷にはなっていないようだった。

　自ら積極的に語ったりはしないが、尋ねられたら普通に答える――その程度の問題なのだ。

　それならそれでと開き直り、レティシアはもっと突っ込んだことを尋ねた。

「今の両親の結婚式から一年くらいで、実の家族が事故に遭ったのか？」

　チャンプは真顔で頷いた。

「五年目の結婚記念日を祝う旅行だったそうだ」

「とすると、今の両親がチャンプを引き取った時は、まだ新婚だったわけか？」

「ああ。若すぎるし、自分たちも初めての子どもを迎えるところだった。ちょうどその頃、母の妊娠がわかったばかりだったんだ」

　レティシアは顔の表情と肩をすくめる仕草だけで『そいつは大事だ』と示してみせた。

　チャンプも当時の両親の状況を慮って、彼にしては難しい顔で続けている。

「これから新生児が生まれてくるのに、いきなり三歳の子どもの親になるなんて、どう考えても無理がありすぎる。両家の祖父母はそう言って、俺の引き取り合戦を繰り広げたらしい」

「けど、今の両親が引き下がらなかった？」

　チャンプは再び、今度は笑顔で頷いた。

「実の両親が結婚した時から、四人は本当の家族のように仲よくしていたと聞いた。両親はどうしても自分たちの手で育てたいと両家の祖父母に頼み込み、最後には祖父母が折れた。そんな経緯があったから、両家の祖父母はしょっちゅう家にやってきて様子を見ていたな。そのたびに俺に玩具を持ってくるから、両親は自分たちの親に対して、『ジョンへのお土産禁止令』を出したくらいだ」

「仲いいんだな」

レティシアは言って、常人なら訊きにくいことをずばりと突いた。

「そこまで覚えてるのに、実の家族のことは、全然覚えてないのか」

「我ながら記憶力に偏りがありすぎるな」

真面目に答えて、チャンプは笑ってみせた。

「今の家に来た当初、俺は両親を『おじちゃん』『おばちゃん』と呼んでいたんだが、弟が生まれると、当然ながら、両親は『パパだよ』『ママですよ』と、赤ん坊の弟に話しかける。俺も真似して『パパ』『ママ』と呼んだらしい。その時の両親の顔は今も覚えている」

「喜んだ？」

「いいや。正反対だ。二人ともひどく驚いたような、焦ったような、何かを恐れているようにすら見えた。恐らく両親は、自分たちが『パパ』『ママ』呼びを無意識に強要したように感じたんだろうな。家族になったのだから、いずれはそう呼んでもらいたいが、今はまだ早すぎる。そう考えて、今まで通り『おじちゃん』『おばちゃん』でいいんだよと言い諭したらしいが、当時の俺は『弟が大きくなったら、パパ、ママって呼ぶでしょ。お兄ちゃんのぼくが呼ばなかったら、おかしいよ』と言ったそうだ。——自分のその言葉は覚えていないが、両親が泣き笑いの顔で、俺をしっかり抱きしめてくれたことは覚えている」

チャンプは言葉を切り、レティシアを見つめて、優しい微笑を浮かべた。

「実の家族は亡くしたが、ありがたいことに、俺は人に恵まれている。心からそう思う」

「…………」

「だが、あの少年には誰もいなかった」

「…………」

「だから、最後に家族が迎えに来てくれたのを見て、涙が出た。結局のところ、あの少年の行動は人間の尊さの象徴として、容易には実現できない美しい理想として描かれているのだと思う」

「………………」

「——あの少年と同じ状況、同じ立場に置かれた時、同じことのできる人間はまずいない。だからこそ、感銘を受けるんじゃないか？」

真剣に耳を傾けていたレティシアは深く嘆息して、腕を組んだ。

「……なるほどねえ」

「納得してくれたか？」

「いんや、ますますわかんなくなった」

極めて率直に言って、レティシアは肩をすくめた。

「正直、お手上げだよ」

「だったら、実際に見てみたらどうだ？」

「——え？　近くで上演してんの？」

チャンプは笑って首を振った。

「あの作品なら動画配信サービスにも入っているし、記録媒体も販売している。俺は学年全員で劇を見に行ったが、弟は授業の一環として、教室の投影機で見た後で感想文を書いたと言っていたし、妹の時はやはり学年全員で、体育館での上映会だったそうだ。その辺は学校や学年によっても違うらしいな」

「ははあ、学校推奨図書みたいな感じなわけ？」

「少なくとも連邦加盟国の小学校なら、必ず生徒に見せているはずだ」

「そりゃあ、俺が知らなくても仕方がないが……」

レティシアは呟いて、ちょっと考えた。

「小学生向けってことは、高校や大学の図書館には——置いてないよな？」

「公開作品ならあるんじゃないか？」

「ちょっと調べてみるわ……」

レティシアは携帯端末を取り出し、『新春の朝』『映像作品』で検索を掛けてみた。

結果を見て、顔をしかめる。

「……うっわ、山ほどある」

　制作年代もまちまちなら、収録時間も二十分から九十分とさまざまだ。

　時間の短い作品は、チャンプが言ったように学校教材としてつくられたものだろう。

　九十分の作品は、九二二年公開と注釈があるから、七十年前に映画として制作されたもののようだ。

　しかも、制作者（プロデューサー）が独自に脚色を加えたものも多く、『ブラッドショウ版』だの『マグワイア版』だの、数え切れないほどの版（ヴァージョン）がある上、『新解釈版』と称されたものまである。見本から察するに宇宙を舞台として描かれたもののようだ。

　レティシアは途方に暮れた。

　検索結果画面を見つめて世にも情けない顔になり、端末をチャンプに向けて、真顔で尋ねた。

「どうせなら、俺でも感動するやつを見たいんだが、どれがいい？」

　チャンプは正直に答えた。

「それを俺に訊かれても困る」

「だよなあ……」

　レティシアは深く嘆息した。

　生い立ちから成る彼の特殊な感覚を差し引いても、こういうものは玉石混淆（ぎょくせきこんこう）で、どれを見ても無条件で感動できるということは恐らくないはずと、見当がついている。

　つまり、この山のような作品の中から何とかして『当たり』を引かなければならないのだ。

　ますます厄介なことになったと思ったが、意外なところから救いの手がさしのべられた。

6

週明け、ランディはいつもと同じように登校して、いつもと同じように授業を受けていた。

午前中の授業が終わると、友人たちと食堂に行き、談笑しながら昼食を取る。

仲のいい友人たちの眼にも、その様子はいつものランディと同じに見えたが、この後が少々違った。

昼食後の彼らはたいていおしゃべりや次の授業の予習で昼休みを過ごすのだが、ランディは、

「ちょっと用事があるから先に行く」

と言って、一人で食堂を出たのだ。

プライツィヒ校には食堂もカフェも売店もある。登校途中にランチを買って持ってくる生徒もいる。

百以上の校舎があるプライツィヒ校には、校舎と校舎を結ぶ通路が葉脈のように張り巡らされている。

無味乾燥（むみかんそう）な本当の通路もあるが、芝生（しばふ）の中を行く通路、花壇（かだん）に飾られた通路、曲がりくねった小径（こみち）の両脇がふんだんに緑で飾られた、休憩用のベンチも点在する散歩道のような通路もある。

昼休みなので、その至る所に生徒の姿があったが、例外もある。

ランディが向かった『楓（かえで）の小径』もそうだった。

この通路も緑に囲まれ、ベンチも置かれた立派な休憩所なのだが、カフェの裏手ということもあり、人の姿はほとんどない。

一息ついて、小径のベンチに腰を下ろすと同時に、急ぎ足でこちらにやってくるベアテが見えたので、ランディはすぐに立ち上がった。

ベアテはあまり感情が表に出る性格ではない。

表情も口調もいつも飄々としているのだが、今は違った。せかせかした足取りで、ランディの元までやってくるなり、唐突に問いかけた。

「――どうだった?」

ランディは大きく頷き、太陽のように輝く笑顔で言ったのである。

「受かった!」

ベアテは息を呑んだ。

周りには誰もいないが、声を殺して歓声を上げた。

「やったね! ランディ!」

思わずランディの手を取る。

ランディもその手をしっかり握り返した。

「ありがとう!」

大声で騒ぐわけにはいかないので、二人とも極力声を抑えながら、興奮と歓喜を分かち合った。

ベアテが眼をきらめかせて尋ねる。

「いつわかったんだい?」

「今朝だよ。もう、足が宙に浮くかと思った」

「何言ってるのさ。全然普通と変わらなかったよ。わたしなんか、メールをもらってからというもの、落ち着かなくって。我ながら挙動不審だ」

先程の休み時間に、ベアテはランディから、

「昼休みに『楓の小径』で話せるかな?」

と、個人用の端末に連絡をもらったのだ。

二人は学園祭がきっかけで連絡先を交換している。

そしてベアテはこの週末にランディが外泊許可を取って寮を離れたのを知っていた。週末に家に帰る寮生は珍しくないから別段おかしなことではないが、今のこの時期、わざわざ人気のない場所を指定するということは、ランディの話の内容は一つしかない。

ベアテはまるで自分の受験結果を確認するような緊張感を持って、ここまで来たのである。

あらためて、力強く声を掛けた。

「おめでとう。天才子役ランディ・スターの復活を心から祝福するよ。稽古はいつから?」

「とりあえず、今度の土日に行ってくる」

「土日だけ?」

「うん。幕が開いたら平日も休むことになると思う。今のところは週末返上で励むよ」

夢中で話している二人に、不意に声がかかった。

「決まったらしいな」

ベアテもランディも飛び上がった。

慌てて声のしたほうに眼をやると、小径ではなく、その脇に植えられた木立の陰から、ヴァンツァーが音もなく姿を見せたのである。

ランディが胸を撫で下ろして言う。

「脅かさないでくれよ。そこから出てくるのに全然足音がしないって、ありえないだろ」

ベアテも頷いている。

「上背があるのに、まるで猫みたいに歩くよね」

ヴァンツァーにとって、足音を立てずに歩くのは基本中の基本なので、かまわず、もう一度尋ねた。

「オーディションに受かったのか」

「――何でわかった？　言ってないのに」

「ベアテの様子が妙だったからな。この件だろうと思って、後をついてきた」

ランディは呆れて指摘した。

「……それ、一つ間違えば変質者だよ」

一方、ベアテは自己嫌悪に陥っている。

「……そんなに態度に出てたかなあ？」

仮にも演劇部の一員としては忸怩たるものがあるらしい。

ヴァンツァーはかまわず、ランディに話しかけた。

「おめでとうと言うべきなんだろうな」

ランディは、先程までの平静さはどこへやらで、興奮と重責に輝く顔で嬉しそうに礼を言った。

「ありがとう。本当に夢みたいだよ。ジンジャーと同じ舞台に立てるなんて、まだ全然実感がないんだ。もう、本当に、すごい役者さんばっかりで、なんて言ったらいいか……信じられないよ」

ベアテが、好奇心を抑えかねて、しかし、同時に自制心も発揮するという器用な口調で尋ねる。

「すごく気になるけど、まだあんまり詳しいことを訊いちゃいけないんだよね？」

ランディはちょっと困ったように笑った。

「そうだね。これは言っても大丈夫だと思うけど、びっくりすることがあって、演出家さんが前に一度、仕事をしたことのある人だったんだ」

ベアテはますます好奇心を膨らませている。

一方、ヴァンツァーは軽く首を傾げた。

「ニック・ハリソンか？」

その名前に、ベアテは今度こそ歓声を上げた。

「超大物制作者(プロデューサー)じゃないか！」

ランディは悲鳴を上げている。

「ヴァンツァー！　それはまだ秘密なんだよ！」

新しい形式の球形劇場がつくられていることも、こけら落とし公演にジンジャー主演の『レベッカ』が決まったことも、演劇通の人々の間では噂になってはいるものの、ジンジャー以外の配役も制作関係者も、未だ正式な発表はされていない。

ランディが慌てるのも当然だが、ヴァンツァーは平然と言い返した。

「俺は口外する必要を感じていない。情報解禁まで沈黙は守る。ベアテも同じだと思うが……」

ベアテは厳か(おごそ)かに右手を上げた。

「誓うよ。口外はしない。――だけど、彼はずっと映像畑の人だったのに、舞台演出？」

呟いて、さらに疑問を口にする。

「子役時代のランディの映画は全部見たはずだけど、ハリソン氏が関わってた作品があったかな？」

ランディが言った。

「知らなくても無理はないよ。ハリソンさんが自費制作した映画なんだ。教材として使われただけで、一般公開もされてない」

再びベアテの眼が丸くなる。

「もしかして、『新春の朝』？」

ヴァンツァーが無言でベアテを見た。

ランディは眼を見張り、嬉しそうに言った。

「見てくれたんだ？」

「わたしの聖典(バイブル)だよ！　自費制作だったのか⁉」

喜ぶやら驚くやら大忙しのベアテである。

ヴァンツァーはランディに問いかけた。

「少年の役か？」

彼が答えるより先にベアテが勢いよく頷いた。

「ランディの演技の中でも素晴らしい出来だったたよ。何度も見た」

するとランディが怪訝な顔になった。

「何度も？」

「そうだよ。一日中見ていたこともある」

「何言ってるの？　記録媒体は販売されてないし、動画配信サービスにも入っていないのに」

ベアテは明らかに狼狽していた。

気まずそうな顔には『しまった』と書いてある。

ヴァンツァーはランディに尋ねた。

「配信もないということは、舞台だったのか？」

「正確に言うと舞台の記録映像だね。ただ、単なる記録じゃない。他に別撮りの映像も編集で入れてる。その頃からハリソンさんは、いずれは舞台をやってみたいと思っていたらしいんだ。それで、試験的につくってみたんだって」

言うなれば『実験作』だ。しかし、役者の演技も確かならば、音楽も舞台美術も一流である。

売り物にする気は最初からなかったが、このまま埋もれさせるのももったいないと考えたハリソンは、中央座標の小学校に教材として提供したのだ。

ただし、使用権と著作権には厳しい条件をつけた。

上映の目的はあくまで児童の情操教育なのだから、映像の複製も譲渡も一切禁止。一般公開も禁止。

映像は記録媒体の形で貸与し、上映が終わったらただちに返却するという、外部には決して洩れない措置を取った上で貸与したそうだ。

「最初に仕事を受けた段階では、一般公開はしない作品だと言われていたから、正直、残念だったけど、学校で上映されることが決まった時は嬉しかったよ。大勢の人に見てもらえるからね」

「…………」

「それでも、ハリソンさんは収益は考えなかった。

あくまで社会奉仕活動（ボランティア）として提供したと聞いたよ。だから、何度も見られるわけがないんだ」

「え〜っと、その、実はね……」

ベアテは、彼女にしては実に珍しく歯切れの悪い口調で言った。

「……記録媒体を持ってるんだよ」

ますますランディの眼が丸くなる。

「まさか、盗撮じゃないよね？」

「違うよ！　ランディも同じものを持ってると思う。――出演者や関係者には著作権者名（クレジット）の入っていない記録媒体を配ったんだよね？」

「あれなら家にあるけど……」

ランディは頷いたが、納得はしていない。

「著作権者名（クレジット）はなくても、通し番号は入ってるんだ。外部に流出したら、どこから洩れたかすぐにわかる。あくまで個人で鑑賞（かんしょう）する目的に留めるようにって、もらった時に注意されたよ？」

「わかってる。わたしも同じ注意をされた。だから、あれを持っていることは誰にも言ってない」

ベアテも無論、最初は学校で見たのだ。

小学生のベアテには、その衝撃は忘れがたいほど強烈なものだった。まさに『寝ても覚めても』あの少年のことを考え、何とかして再び見たいと思い、近所の小学校に上映予定日時を問い合わせた。

ヴァンツァーが呆れたように言う。

「他の学校に紛れ込（まぎこ）んで鑑賞しようとしたのか？」

「当然だけど、部外者は入れてくれない。それなら、いっそのこと転校するって騒いだんだ」

ランディの顔はちょっと引きつっている。

「……極端だね」

彼は明らかに引いていたが、ベアテは憤然と言い返した。

「ファンの熱意を侮らないでくれよ。――わたしがあんまり強情に転校を言い張るものだから、両親も呆れて、どうしたものかとあちこち相談したらしい。そうしたら、これは本当に偶然なんだけど……」

ベアテは内緒話をするように声を低めた。

「親戚に、その映像制作に関わった人がいたんだよ。わたしの叔父さんなんだけど、当然、叔父さんにも記録媒体が配られたから、それを譲ってくれたんだ。――叔父さんの独断じゃないよ。ちゃんと『親戚の女の子がこの作品の熱烈なファンなので、譲ってもかまわないだろうか』って律儀に制作者に相談して、相手は快く許してくれたと聞いた。制作者の名前も教えてもらえなかったけど、わたしは御礼の手紙を書いて、その人に渡してくださいって、叔父さんに預けたよ。――あれがハリソン氏だったのか……」

感慨深げに言って、ベアテは一人頷いた。

「今度、あらためて見てみよう」

ヴァンツァーが尋ねる。

「今も手元にあるのか？」

「もちろん、持ってるよ。お守りだからね」

ランディもベアテも中央座標出身である。

ランディは『家にある』と言った。つまり、他の惑星にあるということだ。

一方、ベアテは記録媒体を寮へ持ち込んでいる。

ヴァンツァーはさらに尋ねた。

「上演時間は？」

「二十五分だけど……何？　見たいのかい？」

ベアテは半信半疑で、茶化すように言ったのだが、ヴァンツァーは真顔で頷いた。

「ああ。鑑賞させてほしい。――俺の知人に」

「え？」

ベアテもランディも疑問の表情を浮かべた。

ヴァンツァーは事情を説明した。

知人が『新春の朝』の少年を演じること。

役を摑めなくて難儀していること。

「ランディの『少年』なら、いい手本になるはずだ。近くの個室を借りるから、ベアテの都合のいい時に見せてくれないか」

連邦大学惑星はその名の通り学生中心の星なので、学生のための設備が豊富にある。

個室（ブース）もその一つで、ただの部屋ではない。軽食や飲物を注文できるし、音響設備や映写機が備わった個室（ブース）もある。いわば少人数用の会議室を貸し切りにするようなものだ。中には防音完備の個室（ブース）もある。

先日の学園祭でも、軽音楽やダンスの同好会など、ここを活動拠点にしていた生徒は少なくない。

ベアテは尋ねた。

「その人も沈黙を守ってくれるかな？」

「保証する」

ベアテもランディも、ちょっと驚いた。

この優等生が他人に対して、ここまできっぱりと評価するのを初めて見たからだ。

永久凍土の貴公子にも信頼する友人がいたのかと感心すらしたが、続く評はかなり辛辣だった。

「軽薄で、いい加減で、人並み以上に口が回るから、不真面目な印象すら受ける。――事実、真面目とは程遠い、海千山千の強（したた）かな男だが……」

ランディが怪訝そうに尋ねる。

「……友達なんだよね？」

「違う」

強い否定である。

「間違っても友人などではないが、信用はできる。――困ったことに。俺がやつに手を貸すのは持ちつ持たれつだからだ」

ランディは思わずベアテと顔を見合わせて、その
ベアテは少し困ったように言った。

「きみがそこまで言うなら、見せるのはかまわない。ただし、媒体を貸すことはできないよ。叔父さんと約束したんだ。『手元から離さない』って」

「わかっている」

ヴァンツァーは頷いた。

「大事なお守りを他人に託せるわけがない。だから、『貸してほしい』ではなく『鑑賞させてほしい』と言っている」

「…………」

「ベアテの時間を使わせてしまうのは申し訳ないが、

つきあってくれるとありがたい」

　ベアテはヴァンツァーの顔をまじまじと見つめて、感心したように言った。

「意外だ……」

「何が？」

「とっつきにくい完璧超人かと思っていたからさ。こっちの都合を考えてくれるとは思わなかったよ」

　ヴァンツァーはちょっと首を傾げた。

「心外だな。人にものを頼む時の礼儀くらい心得ているつもりだが……」

「心得ているように見えないんだよ」

　ランディが言った。

「――その鑑賞会、ぼくも参加していいかな？」

　ベアテは眼を見張り、ヴァンツァーは当たり前の疑問を投げかけた。

「自分の演技だろう？」

「そうなんだけど、考えてみれば、記録をもらった後で見返したことはないんだ。――だめかな？」

　問われたベアテは恐ろしく複雑な顔だった。

（まさか、主役を演じたランディ・スターと一緒に、『新春の朝』を見ることになるとは……）

　という感情がありありと見て取れる。

　ランディは遠慮がちに尋ねた。

「――気が散る？」

「いや、大丈夫。見始めたら隣に誰がいるかなんて気にならないよ」

　ベアテは首を振って、ヴァンツァーに尋ねた。

「いつにする？　できれば早いほうがいい。来週になったら本格的に演劇部の稽古が始まるんだ」

　ヴァンツァーは携帯端末を取り出して言った。

「最優先で時間を取るように伝えよう」


　舞台の上には雪がちらついていた。

　背景には灯りの点る建物が並び、冬支度の人々が帽子や襟を押さえながら、急ぎ足で行き交っている。

　そんな人々に声を掛ける少年がいる。

「木彫りの人形はいかがですか？　うさぎ、熊、狐、馬、人間もありますよ」

こういう物売りは掛け声が大事だ。

客に買う気にさせる勢いと明るさが不可欠だが、少年の口調はたどたどしく、自信なさげである。

そもそも身なりがいけない。身ぎれいな通行人に比べると、いかにもみすぼらしい風体なのだ。

道行く人も素っ気なく通り過ぎていく。

「いらん」

「邪魔だよ」

冷たくあしらわれて、少年は途方に暮れた様子で、下手に消えていく通行人を見送っている。

上手から、家の舞台装置がすべるように現れた。

家の中がすっかり見えるようになっている。女が一人、こちらに背を向けて、せかせかと動き回り、荒々しい足音とともに上手から男が登場する。

「おい、飯は？」

「今つくってるよ！」

少年が振り返り、前に歩くことで、家の中に入る。

女は舌打ちして、苛立たしげに少年に叫んだ。

「遅いんだよ！　品物は売れたのかい！」

「…………」

「金を持たずに帰ってくるなって言っただろう！」

「でも、あの……」

少年は震えながら、か細い声で訴えた。

「……お腹が空いて」

「働かざる者食うべからずって知らないのかい！」

食卓にどっかり座った男も、犬を追い払うような仕草で少年に手を振った。

「自分の食い扶持くらい自分で稼いでこい。ほれ、さっさと行った行った」

少年が重い足取りで再び家を出ると、家は男女を乗せたまま上手に消えていき、下手から二人の女がやってきて、立ち尽くす少年を見て、話し始めた。

「あの子。物乞いかい？」

「違うよ。ほら、ジャックのところの居候だよ」

「ああ、遠縁の子で、親が死んだんだっけ?」

「妹もだよ。あの子だけが生き残ったんだってさ。よりにもよって、あんな強突く張りに引き取られて、かわいそうにね」

通り過ぎる時、女の一人が手に持っていたものを少年に差し出した。林檎のようだった。

「これ、お食べよ」

少年は呆気にとられながらも林檎を受け取った。

「ありがとう……本当にありがとうございます!」

さしのべられた救いの手に感謝して、何度も礼を言う。通り過ぎた後、女の一人が囁いた。

「あんまり優しくすると、つけあがるよ」

「いいんだよ。捨てようと思ってたやつだからさ」

「おやおや……」

少年は無我夢中で林檎をむさぼった。

多少傷んでいようが気にならないらしい。

それほど飢えていたということだ。

ここで画面が一気に明るくなった。

照明ではない。別撮りの映像が入ったのだ。

明るい日差しに照らされた公園で、きれいな服を着た少年と、小さな少女が追いかけっこをして遊び、両親らしい男女が微笑ましげに見守っている。

父親は自分の元に駆け寄ってきた少年少女の肩を抱き寄せて、優しく話しかけるのだ。

「困っている人には親切に接するんだよ。神さまはちゃんと見ていてくださるからね」

ここで映像が消え、再び舞台に戻った。

そこに少年の姿はない。

代わりに、少年よりも小さい、八、九歳くらいの女の子が、おぼつかない足取りで動いている。

「……マッチはいかがですか」

さっきの少年より、さらに弱々しい声だ。

籠を腕に下げて、道行く人に声を掛けているが、足を止める人は誰もいない。陰鬱な音楽が流れる中、上手から少年が現れ、少女は少年の前に飛び出した。

「マッチを買ってください」

必死の様子に少年は驚き、戸惑って言う。

「ごめんね。……お金を持ってないんだ」

少女は泣きそうな顔になった。そんな少女を見て、少年の心の声が響く。

（妹と同い年くらいかな）

自分も疲れ切っているはずなのに、少年は優しい声で少女に話しかけた。

「雪も降っているし、今日はもうお家（うち）に帰りなよ。お父さんもお母さんも心配するよ」

少女は首を振る。

「パパもママもいないの。——死んじゃったの」

「…………」

「マッチを売らないと、おじさんに怒られるの」

少年は眼を見張って少女を見つめていた。

台詞はないが、その表情だけで、この子も自分と同じ境遇なのかと痛感したことを示している。

少女がふらりと体勢を崩した。

「……お腹空いた」

倒れそうな少女を、少年は思わず抱き留める。

「……お腹空いたよ。お兄ちゃん」

音楽が止まった。

この一言が引き金になったのだと、見る者に強く訴える演出だった。

少年は少女を抱（かか）えて、近くの三段ばかりの階段の上に座らせる。そこは建物の裏口で、わずかな庇（ひさし）がかろうじて、雪が直接身体に降るのを防いでくれる。

「ここで待ってて」

建物の裏口ごと舞台装置（セット）がゆっくり回転していき、少年と少女は舞台奥に消え、代わりに屋台が現れた。

「揚（あ）げたてのパンはいかが！　肉詰めパンだよ！　熱々だよ！」

恰幅のいい中年の男が勢いのある掛け声で、客を集めている。

「一つもらうよ」

「三つ頼む」

次々に客が訪れては離れていく。

少年が上手から現れて、その様子を窺っている。

「あちっ！」

客の一人があまりの熱さにパンを取り落とした。

「ちぇっ、親父、もう一個だ」

普通なら『新しいパンをよこせ』と、ごねそうなところだが、男は懐に余裕があるのだろう。

あっさりと、もう一つ分の代金を払った。

「へい、まいどあり」

少年は素早く飛び出すと、落ちたパンを拾って、屋台から離れた。パンを両手に持って天を仰ぐ。

「落としたものでも、盗みになりますか」

すがるような問いかけに答える声はない。

少年は意を決して、天に向かって続ける。

「神さま。どうか許してください。このパンは全部あの子にあげます。ぼくは一口も食べません」

しかし、少年自身も飢えきっている。

無意識にパンを口に運びかけたが、少年は必死に飢えと闘い、何とか思いとどまった。屋台が回転し、裏口の戸に身を寄せて蹲る少女が現れる。

少年が震える手でパンを差し出すと、少女は無我夢中でむさぼった。食べ終えると、やっと人心地がついたようだが、また縮こまってしまう。

「寒い……」

わずかな庇では降り続ける雪を防ぐことはできず、がたがた震える少女に、少年は躊躇いつつも自分の上着を脱いで少女に着せかけてやる。

しかし、雪が降っているのに、自分の服を少女に与えてしまった少年は見る間に顔色を悪くした。

少しでも温め合おうと、少女を抱きしめた少年は、少女の持っていた籠に眼をやった。

「おじさんも、許してくれるよ……」

自分に言い聞かせるような口調で言うと、震える手でマッチを取り出して、火をつけた。

しかし、その火はすぐに消えてしまう。

同じことを二度繰り返した少年は、自分の鞄から木彫りを取り出してマッチを近づけた。

乾いた木には雪の中でもたちまち火が移り、炎の塊となる。少年は急いでそれを地面に置き、持っていた木彫りを全部火に投じた。

暗い舞台の中で、少年と少女の足元だけが明るい炎に燃え、少年の顔が照らされる。

音楽の他に、姿は見えないが、人の話し声がする。

「今年ももう終わりだね」

「よいお年を」

朗らかな話し声とは対照的に、少年と少女の姿は寂しく、寒々しい。

その時だ。急に始まった音楽とともに、下手から少年の家族が現れた。

少年が家族に気づいて、眼を見張る。

「父さん、母さん、ジェニー……」

家族は笑顔で頷き、歩み寄ってくる。

しかし、先程、少年の回想に登場した家族と顔は同じだが、身なりと雰囲気がかなり異なっている。

父親の外套は前に金釦がずらりと並び、白貂の襟に加えて袖にも派手な飾りがついている。母親は大きな羽根飾りの目立つ帽子にけばけばしいドレス、濃い化粧に豹の襟巻きという出で立ちだ。妹の服も、子ども服とは思えないほど煌びやかで贅沢なもので、ことさらに富を象徴している。

常識的な人なら眉を顰める服装だったが、少年はそんな家族の異変には気づかなかった。

ただ、懐かしくも忘れられない人たちの姿を見て、信じられない喜びに顔を輝かせているのみだ。

父親が裏口に蹲る少年に声を掛ける。

「待たせたな、坊主。迎えに来たよ」

母親も優しい声で言う。

「もう寂しい思いはさせないわ」

妹も小さな手をさしのべてくる。

「お兄ちゃん、一緒に行こう」

「うん……」

喘ぐように答えて、反射的に立ち上がろうとした少年だったが、その動きが止まった。

自分が抱えている少女に気づいたのだ。

戸惑いながら、家族を見る。

「この子は？　一緒に行けないの」

両親は首を振った。

「それはできない」

「その子は置いていくのよ」

少年は少女を抱きしめながら必死に言う。

「いやだ。この子には誰もいないんだ。お願いだよ。連れていって」

妹がその言葉を笑い飛ばした。

「そんな子、ほっとけばいいじゃない。行こうよ、お兄ちゃん」

妹が再び手をさしのべてくる。

少年はその手を取ろうとした。

しかし、動けない。

少年の気持ちは明らかに家族のほうにある。また家族に会えて嬉しい。今すぐにでも立ち上がって、みんなと一緒に行きたい。

それなのに、どうしてもマッチ売りの少女を抱く腕を放すことができないのだ。

緊迫感に満ちた音楽が少年の心境を表している。すがるような眼差しで家族を見て、絶望的な眼を少女に向ける少年はもう泣きそうだった。

選べない自分の行動に混乱し、動揺し、恐れさえ感じているように見えた。

だが、父親、母親、妹は容赦しない。

立ち上がれない少年に口々に話しかけてくる。

「さあ、おいで」

「もう寂しい思いはさせないわ」

「お兄ちゃん、遊ぼうよ」

笑みを含んだ家族の言葉には強い残響（エコー）がかかり、まるで脅迫（きょうはく）のように少年を追い詰めていく。

「——だめだよ！」

悲痛な叫びとともに、少年はマッチ売りの少女をひときわ強く抱きしめた。

舞台が暗転した。

緊張感漂う音楽は消え、鳥の囀りが聞こえてくる。再び明るくなると、舞台は一面の雪景色になっていた。

背景の建物の屋根も雪を被り、建物の裏口に身を寄せ合う少年と少女にも雪が積もっている。

その周りを町民が何人か取り囲んでいる。

「行き倒れか？」

「どこの子どもだ？」

「ジャックのところの居候だ。もう一人は……」

この時、上手から初老の男が現れた。ざくざくと雪を踏む足音も慌ただしく、駆け寄ってくる。

「マリア！　ああ、マリア！　おじいちゃんだよ！　やっと会えたのに、なんてことだ！」

男は、雪まみれの少女に飛びついて、夢中でその身体を揺すり始めたが、はっとなった。

「生きてる！　ああ、神さま！」

軽々と少女を抱き上げた男は、同じく雪まみれで倒れている少年に眼をやった。

「その子は？」

「死んでるよ」

「……なんと。かわいそうに」

少女を抱き上げた状態で、男は頭を下げて弔意を示し、急いで上手へ駆け去った。

入れ替わるようにして、ジャックの家が現れる。

女が台所で忙しく働いている。ジャックが外から戻ってきて、苦い口調で文句を吐き捨てる。

「あの恩知らずの穀潰しめ、家畜の世話も薪割りも放り出して出ていきやがって」

女はそれ以上に憤慨している。

「まったく！　戻ってきたら折檻してやらなきゃ」

「はあ？　あの餓鬼、出ていったんじゃねえのか」

「何言ってんだよ。戻ってくるよ。どうせ他に行くところなんかないんだからさ」

文句を言う男と女を乗せたまま、家は再び上手に消えていき、雪景色の舞台に静寂が訪れた。

裏口の前で倒れた少年の身体だけが残されている。

穏やかで優しい曲調の音楽が流れ始めた。

再び下手から少年の家族が現れる。

父親も母親も先程とは打って変わって、品のいい身なりをして、慈愛に満ちた眼差しを倒れた少年に向けている。妹も可愛らしい白い服を着て、明るい声で少年に話しかけた。

「おはよう、お兄ちゃん」

少年が眼を開け、嬉しそうな顔で立ち上がった。

雪まみれで気がつかなかったが、少年の身なりも妹と同じ風合(ふうあ)いの、白いきれいな服に変わっている。

「おはよう、ジェニー。父さん。母さん」

父親は笑顔で少年の肩に手を置いた。

母親も愛(いと)おしそうに少年を抱きしめる。

少女も少年に抱きついている。

そんな家族を、少年はしっかりと抱きしめ返した。

幸福の光に包まれた家族四人が笑顔で抱き合う中、ゆっくりと緞帳(どんちょう)が下りていった。


明るくなった室内で、ベアテが鼻をすすっている。

ランディは真顔で、消えた映写幕(スクリーン)を見つめている。

もちろん彼が実際に見つめて反芻(はんすう)しているのは、先程までそこに映し出されていた自分の演技だ。

レティシアも真剣な眼差しで映写幕(スクリーン)を見ており、何やら考え込んでいる。

ヴァンツァーがランディに眼をやって尋ねた。

「——いくつの時だ？」

「十一歳。六年前だね」

今度は連れを見やってヴァンツァーは言った。

「参考になったか？」

レティシアは一つ、息を吐いた。

「……こういう話だとは思わなかった」

「俺もだ」

見ると聞くとは大違いとはよく言ったものである。

二人とも話の筋は知っていたが、こうして実際の舞台を見ると、話の趣旨(しゅし)がどういうものか、観客に何を見せたいのか、言葉にはならずとも理解できる。

レティシアはランディを見て言った。

「あんた、うまいな」

唐突な賛辞に、ランディはちょっと面食らって、照れくさそうに礼を言った。

「……ありがとう」

ヴァンツァーが軽く眼を見張っている。

ベアテが気づいて、問いかけた。

「……何？」

「驚いただけだ。この男が、ここまで率直に他人の技倆を認めることは滅多にないからな」

レティシアは、机の上から注文用の端末を取って、ランディに差し出した。

「俺が持つから、何でも好きなもん頼んでくれよ」

ランディは慌てて言った。

「そんな、いいよ。自分で払うよ。ここの部屋代も出してもらってるんだから」

「遠慮するな」

言ったのはヴァンツァーだ。

「こちらからの頼みで、つきあってもらっている」

「そうそう、気にすんなって」

と、レティシアも頷いている。

連絡を受けたレティシアはすぐさま予定を調整し、放課後には彼らと合流し、映写幕(スクリーン)のあるこの個室(ブース)に落ち着いたのだ。

ヴァンツァーが真っ先に端末を操作して、珈琲と軽食を頼み、レティシアは甘味まで注文している。

釣(つ)られてベアテとランディも、いろいろ頼んだ。

ハンバーガーにフライドポテト、サンドイッチにパンケーキなど、机の上が賑やかになる。

食事しながら、レティシアがランディに尋ねた。

「寒いところの生まれかい？」

ランディは不思議そうに首を振った。

「冬は寒いけど、比較的、平均的な気温だと思うよ。——どうして？」

「凍え死にそうな様子がうまくできてたからさ」

「ああ。父に雪山に連れていってもらったんだよ。

少年役が決まった時。寒さを体験しようと思って」

　ランディは笑って言った。

「防寒具を脱いで、外に出てみたけど、あの少年はすごいと思った。ぼくは雪の中に十分いただけで、もう限界で、大慌てで車に逃げ帰ったよ」

「腹ぺこのほうも実践したのか？」

「やったよ」

　ハンバーガーを取って、ランディは頷いた。

「母に頼んで朝から絶食してみた。昼を回る頃にはお腹がぐうぐう鳴って、晩ご飯の頃にはふらふらで、倒れそうで、『飢え死にする』って本気で思ったよ。実際には一日では死なないけどね」

　ベアテが呆れたように言う。

「十一歳でそれをやろうと考えるのがすごいよ」

「だって、本当にわからなかったんだ。あの少年はなぜあんなことができたのか。脚本を読み込んでも、原作を何度読んでもわからなくて、父に訊いてみた。父も子役をやっていたからね。まさか、ハドリー・クインとは思わなかったけど……」

　ランディが深いため息をついて、うなだれたので、レティシアが不思議そうに尋ねた。

「――落ち込んでる？」

「少しね」

「何で？」

「ハドリー・クインは映画史に名前が残る伝説的な名子役なんだ。ぼくが生まれる前の話だけど……」

　自分の父親だったなんて――という落ち込みだ。

　ベアテが疑問の顔つきで言う。

「そもそも、どうしてランディの子役時代にそれが話題にならなかったんだろう。ハドリー・クインの息子でレジーナ・ウッドの孫だなんて、大ニュースじゃないか」

「父も祖母も今は徹底して芸能界とは無縁だからね。引退した後はメディアにも出ていない。ぼくの付き添いも、ほとんど伯母（おば）が引き受けてたし」

「何で伯母さん？　お母さんは？」

「母は母で忙しくしてたから……」

ランディは言葉を濁して、話を戻した。

「――とにかく、父に相談してみた。ぼくにはあの少年の心境がさっぱりわからなかったから。寒さと空腹を少しだけでも経験した後だと、なおさらだよ。一日絶食して食べ物を出された時には、机の脚まで食べられそうな気持ちだった。ここで食べ物を人に譲ったりなんて、できるわけがない。雪山で凍えた時もだ。こんな状況で上着を脱ぐ？　ありえないと素直に思ったよ」

正しい見解である。

元は天才子役のハドリー・クイン、今は実業家のロジャー・カーターは笑って言ったそうだ。

「父さんにも少年の気持ちはわからないが、人にはたぶん心の天秤があるんじゃないかな？　『やる』『やらない』の天秤だ」

幼いランディは素直に問い返した。

「どういうこと？」

「今のおまえがまさにやっていることさ。お芝居で寒さと空腹に耐える役を演るからといって、本当に体験する必要はない。――演出家さんにそうしろと言われたわけでもないんだろう？」

「言われなかったけど……」

ランディは困惑しながらも言い返した。

「経験しなきゃって思ったんだ。掏摸の役をやった時は実際に盗まなきゃなんて思わなかったけど……何でだろう？　これはやらなきゃって……」

「『やる』方向に天秤が傾いたんだな」

父は頷いて、話を続けた。

「ランディ。小さい時、鳥の巣の中を見ようとして、木から落ちて怪我をしただろう。あの時、『木から落ちるかもしれない』と考えたか？」

「あの時は子どもだったんだよ」

当時十一歳のランディは、過去の自分の軽率さを父に咎められた気がしたので、急いで弁解した。

「今はちゃんとわかってるよ。そんなことをしたら危ないって、怪我をするかもしれないって」

「それなら、おまえが大事にしているジンジャーのブロマイドが風に飛ばされて木に引っかかったら？　『落ちて怪我をするかもしれない』と『木に登って取り戻す』と、どちらの天秤が重くなる？」

「もちろん取り戻すほうだよ！」

　慌てて言ったが、父は話を続けている。

「そうだね。片方の天秤に載っているのが『怪我をするかもしれない』だから、おまえは『取り戻す』を選べる。では、もう片方が『死ぬかもしれない』だったら？」

「え……」

「幅が十センチしかない丸太の上に、ブロマイドが載っている。丸太の下は百メートルもある深い崖で、今立っている地面から五メートル以上は歩かないとブロマイドが取れない。落ちたら絶対に助からない。どうする？」

　ランディは首を振った。

「……無理だよ。行けない」

「それなら、丸太の上に載っているのが、今まさに毒で死にそうになっている、おまえの大好きな人の解毒剤だったら？　諦めるかい？」

「………」

「人の心の天秤は時と場合、状況に応じて変わる。昨日と今日でも変わることがあるんだ」

「でも、おかしいよ！」

　ランディは賢い子どもだったので、父の言いたいことを敏感に察したが、納得はできなかった。

「天秤の片方が『死ぬかもしれない』でしょ。もう片方が『名前も知らない女の子を助ける』なのに、助けるほうが重くなるの？　ブラッドショウ版じゃないんだから、あれが偽物の家族だなんて少年にはわからなかったはずだよ」

「ちょっと待った」

　黙って聞いていたレティシアが口を挟む。

「ブラッドショウ版だと、そんなに違うのか？」

ベアテが説明する。

「『新春の朝』はもともと演劇用に書かれた話じゃないからね。解釈次第でいろんな版が存在する」

ランディも言った。

「小さな子ども向けに、わかりやすくしてあるんだ。ブラッドショウ版ではマリアとは初対面じゃなくて、もともとよく似た境遇同士で仲よくしていたという設定で、最初に迎えに来た家族に対しても、少年は毅然とした態度を取る。『ぼくの本当の家族なら、この子を見捨てろなんて、ひどいことは言わない。おまえたちは偽物だ』と宣言して追い払うんだよ」

「ああ。通常盤ではその台詞がないから、あんなにあからさまに悪役感を出してたわけか」

レティシアは納得して、別の質問をした。

「じゃあ、マグワイア版ってのは？」

ベアテが断言する。

「暗い」

「……へ？」

ランディも苦笑して続けた。

「マグワイア版の少年は最後まで笑顔がないんだ。パンを手に入れる場面でも、人の持っているものを盗んで、殴られたり蹴られたり石を投げられたりで、血を流して、這うようにしてマリアのところに戻る。偽の家族が現れた時も、ブラッドショウ版みたいに言い返すどころじゃない。少女を見捨てようとする気持ちと必死に闘って、ひたすら震えているだけで、最後の家族の迎えもない」

「お迎えなし？　んじゃ、どうやって終わるの？」

「マリアが助けられた後、少年は一人で起き上がる。そして背中に白い翼を生やして天に昇るんだ」

「その解釈もさまざまでね」

と、ベアテが後を続けた。

「少年は実は天使だったという説もあれば、現世で果たした尊い行いの結果、神の御遣いとして天界に迎えられたのだ、という説もある」

「へええ、そりゃまた……」

レティシアは少し考えて指摘した。

「ブラッドショウ版にしてもマグワイア版にしても、妙に宗教色が強くないか？」

ランディが頷いた。

「それはそうだよ。『新春の朝』はもともと宗教の説話(せつわ)だから。作者も聖職者で、信者の啓蒙(けいもう)のために書いたという説が有力なんだ」

ベアテも続ける。

「そもそも、途中に出てくる偽の家族が、人の心の弱さにつけ込む誘惑の象徴として描かれているんだ。あそこで少年がマリアを見捨てたら、少年は地獄(じごく)に落ちていた、結果的に少年の行動は正しかったってことらしい」

「家族と再会した時の『おはよう』っていう挨拶が意味深だよね。――この少年は今ようやく目覚めて、新しく生き始めるのだ――みたいに受け取れる」

レティシアは呆れ顔で言ったものだ。

「――宗教ってのはたいていい傲慢なもんだけどよ。すげえ傲慢な神さんだな。死ぬとこまでやらねえと、救ってくれないのか」

ヴァンツァーが口を開いた。

「現世には苦しみしかなく、死ねば救われるという教えなんだろう」

「……こんなに豊かで食うに困らない世界じゃあ、あんまり流行(はや)りそうにない宗教だけどな？」

レティシアの呟きは小声だったので、ランディの耳には届かなかったらしい。

彼は当時を思い出して苦笑していた。

「あの役は本当に難しかった。たいていの役なら、すぐに同化できるんだけど、あの少年の行動だけはいくら考えても、さっぱり理解できなくてね。本番直前まで、どうしたらいいのか悩んでたよ」

ベアテが励ますように言う。

「とてもそうは見えなかったよ」

「うん。幕が上がる直前に吹っ切れてね」

レティシアが質問した。

「参考までに、どんなふうに吹っ切れたのか、訊いてもいいか？」

「これはあくまで、ぼく個人のやり方だから、賛否両論あると思うけど……」

慎重に前置きをして、ランディは言った。

「『死ぬかもしれない』を忘れることにした」

「――へ？」

レティシアのみならず、ヴァンツァーもベアテも、顔に疑問符を貼り付けた。

ランディも急いで言い直している。

「違うな。忘れるんじゃない。考えないっていうか、奥に押し込めるっていうか……」

本人の中でもうまく説明できないことらしい。

言葉を探しながら、ランディは続けた。

「父さんが話してくれた心の天秤の話もそうだけど、人間、何か一つのことに集中すると、他は後回しになる――というか、考えられなくなるんじゃないかって。だから、ぼくは天秤に『家族と一緒に行きたい』と、『この子を放しちゃだめだ』を載せることにした。『死ぬかもしれない』っていう恐怖はそのもっと奥――心の根源に、全体的にある感じだね」

「ははあ……」

レティシアは納得したように頷き、指摘した。

「その天秤、すっげえ、ぐらぐら揺れてたよな」

「うん。あの時のぼくは――ぼくの演じた少年は、心の底から家族と一緒に行きたかったんだ。二度と会えないと思っていた家族と再会できて、どんなに嬉しかったか。また離ればなれになるのだけは絶対いやだった。何度も立ち上がろうとしたけど、そうしたら、この子はどうなる？　家族はこの子は連れていけないと言ってる。この子を一人でここに残していく？　自分でもなぜかはわからないけど、『それはだめだ』っていう天秤が、ほんの少しだけ――だけど絶対に、重かったんだ。最後には何で立ち上がれないのかって、舞台の上で真剣に悩んでたよ。家族と一緒に行きたい、もう二度と離ればなれにはなりたくないって、こんなに必死に思っているのに、どうしてそっちを選べないのか。自分で自分の心がわからなくて、泣きそうだった」

　事実、舞台上の少年はその通りの感情を表現して、見る者すべての同情と涙を誘ったのだ。

　ベアテが小さく嘆息する。

「わたしが初めてこの映像を見たのは十二歳の時だ。少年の置かれている理不尽な立場、迷いや恐怖心、家族に対する執着と葛藤、そんなものがひしひしと感じ取れた。同級生はみんな泣いてたよ」

　ランディはくすぐったそうに笑っている。

「なんか、照れるね……」

「自分で見返してみて、どう思った？」

「あれでよかったのか、正直、今でもわからない。ただ、演出家さんには『いいと思うよ』って言ってもらえたからね。ちょっと安心した」

　ランディはレティシアに尋ねた。

「きみの演じる少年は通常盤？」

「たぶんな」

　レティシアは肩をすくめた。

「俺はあんたと違って演技は本職じゃないからさ。現場監督の気に入る少年ができりゃあ充分なんだが、監督の好みってか、どういう少年をよしとするのか、そいつがいまいち、わかんなくってよ……」

「それは大事だよね」

　ベアテが言い、ランディも真顔で頷いている。

「児童劇団の先生に言われたことがある。演技には『これが正しい』っていう正解はないんだ。実際、『新春の朝』の少年もブラッドショウ版では英雄、マグワイア版では殉教者として描かれているからね。演じた役者の数だけ別の少年が存在するんだよ」

　ベアテがおもむろに言った。

「ただし、『正解』はなくても、『違う』はある」

　ランディも熱心に同意した。

「そうなんだよ。そこがおもしろいんだけど」

「苦労するところでもあるよね」

演劇畑の二人は互いを見つめて真剣に頷き合い、レティシアはさりげなく尋ねた。

「たとえば、どういうのが違うの？」

「この前の『極光城(オーロラ)の魔法使い』は見てくれたかな。ヴァンツァーのアウローラが最初はそうだったよ」

ベアテが言い、ランディも苦笑している。

「アウレーリオに恋していないアウローラじゃあね、『違う』としか言いようがない」

「彼はそこから劇的に変化して見事なアウローラになってくれたからね。さすがだと思ったよ」

「ぼくのアウローラとはまったく型(タイプ)が違う。だけど、どっちも間違いなくアウローラなんだ」

熱心に語る二人の間に、レティシアは遠慮がちに割り込んだ。

「ものは試しに、訊くんだけどさ……」

ヴァンツァーが、奇妙なものでも見るような眼をレティシアに向けていた。こんなにも自信なさげな、おずおずとした口調でものを言うこの男は（しかも、芝居ではない）見たことがなかったからである。

レティシアは思い切ったように言った。

「あの少年、死にたがってたわけじゃないよな？」

「もちろんだよ」

ランディはむしろ驚いたようだった。

「さっきも言ったけど、『死ぬかもしれない』は、少年の心にずっとある根源的な感情だ。それは言い換えれば『死にたくない』という恐怖そのものだよ。マグワイア版の少年でさえ、『死にたい』だなんて思っていないはずだ」

「やっぱりか……」

レティシアはがっくりと肩を落とした。

そこまで落ち込む理由はランディにもベアテにもわからなかったが、あまりにもうなだれているので、ベアテがなだめるように言った。

「でも、『死ねば家族に会えるかもしれない』とは思ってるんじゃないかな」

レティシアが猛然と頭を上げる。

「やっぱり死にたがってるじゃんか！」

「違う」

　ベアテとランディの声が見事に揃った。

　ベアテは身を乗り出し、授業をする教師のように、レティシアに言い含めたのである。

「あの少年が現在の状況に絶望しているのは確かだ。『いっそ死んだほうがましだ』『そうすれば家族に会える』そこまで思いつめていても不思議じゃない。ひとりぼっちになってしまった自分を嘆いて『もう生きていたくない』と思っているかもしれない」

　呆れたレティシアが抗議の声を張り上げる前に、ランディが静かに言った。

「だけど、それは本当の『死にたい』じゃない」

「…………」

「そういう投げやりな感情はあの少年のもっと先にあるものだ。生きることに絶望しているだけの人と、実際に『死のう』という決意をした人も全然違う。少なくとも演技の上では」

開いた口をゆっくりと、レティシアは閉じた。

　しばらく考えて、独り言のように問いかける。

「……そういうことか？」

「そういうことだよ。これはぼくの解釈だけどね。少年は『もう生きていたくない』と絶望していた。同時に、本能的に『死にたくない』とも思っていた。矛盾（むじゅん）するけど、それが人間なんじゃないのかな？」

　ベアテも言った。

「現実にも『もう死にたい』と言って、何度も自殺未遂（みすい）を繰り返す人がいるよね。でも、死にきれない。それは結局、心の奥底にある『死にたくない』って気持ちのほうが勝（まさ）っているからだと思うよ」

「その反面、昨日まで全然普通に過ごしていたのに、突然命を絶ってしまう人もいる。どんな暗い決意が働いたのか、他人にはわからないことだけど」

「そうだよね。現実はともかく、演技の話に戻すと、『もう死にたい』と『死んだほうがましだ』の何が違うのか。わたしが演じるなら『もう死にたい』と思っている人は無気力なんだ」

　ランディも力強く同意した。

「ぼくもそう表現する。周りのすべてに興味がない。生気もない。何もかもどうでもいい。うつろな眼をして、ただ呼吸をしているだけだ。そんな『新春の朝』の少年はそれこそ『違う』よ。彼の眼にはまだかろうじて、ほんのわずかだけでも光があるんだ。マグワイア版の少年でもだ」

　ランディはきっぱりと断言し、ベアテが続けた。

「辛い状況に置かれて絶望しながら、天国の家族に会いたいと思いながら、それでも懸命に生きていた。そういう少年でないと、話(ストーリー)が成立しないんだよ。――わかるかな？」

　レティシアは『鳩(はと)が豆鉄砲を食ったよう』な顔をしていた。この男がそこまで眼を丸くしていると、夜の猫そっくりだ。

　やがて大きな息を吐いて、彼は言った。

「……なるほどねえ」

　ゆっくりと首を振って、再び嘆息する。

　顔を上げたレティシアは、打って変わって明るい笑顔をランディとベアテに向けたのだ。

「ありがとうな、二人とも」

　レティシアは本当に二人に感謝している様子で、個室(ブース)を出た後も、あらためて礼を言った。

「ほんっとに助かった。最初にマグワイア版なんか見てたらと思うと絶望的だったぜ」

　ヴァンツァーに対しても朗らかに言う。

「借りができたな」

「貸したのは俺じゃない。この二人だ」

「わかってるって。いずれ何らかの形で返す」

「いいよ、そんなの」

「そうだよ。気にしないで」

　ランディもベアテも笑って首を振った。

　そもそも高校生が『借りを返す』とは大げさだが、レティシアも笑い返した。

「それこそ気にすんなよ。俺が返したいんだからさ。

——じゃあな」

　手を振って、弾(はず)むような足取りで去っていく彼を見送った後、ランディとベアテは同級生を見やって、感心したように言った。

「ヴァンツァーの知り合いなのに、明るい人だね」

「それに、元気だよね」

　自身にどういう評価が下されているのか、非常に気になるところだが、それはひとまず横に置いて、ヴァンツァーも二人に礼を言った。

　最高の手本を見せてもらったのは間違いない。あの男のことだ。これで何とかするだろう。

　ところがだ。この数日後、今度はレティシアから、ヴァンツァーに呼び出しがあった。

「急いでる。都合をつけてくれ」

　持ちつ持たれつというより、こちらが助ける分が多くなっていないか？

　後でまとめて返してもらわなくてはと思いながら、ヴァンツァーは予定を調整した。

7

「冷静に考えるとさ……」

　自販機で買ってきた珈琲を開けて、レティシアは妙に感慨深げな口調で言った。

「俺、いっぺん死んでるんだよな」

　同じく珈琲を手にしたリィが呆れて指摘する。

「――今さらか？」

　シェラは苦々しい顔でレティシアを睨み、ルウはミルクティーを一口飲んで、苦笑した。

「実感が出ていいんじゃない？」

「よくねえよ。『死にたくない』がわからねえのはそのせいもあるんじゃないかと思ってるぜ、俺は」

　ヴァンツァーが感情のない声で尋ねる。

「また芝居の話か？　解決したと思ったが……」

「今日は別件。俺、今、病院に研修に行ってるって言っただろう」

「初耳だ」

　彼らがいるのは公園に設けられた机（テーブル）席だった。

　この公園には大きな池がある。机の周り三方には長椅子が置かれ、机を囲みながら、池を眺められるようになっている。

　雨ざらしの場所だが、夕暮れの近づく空は明るく、池を囲む木々は薄桃色の花の枝を水面（みなも）へとさしのべ、大きな白い水鳥が何羽も、己の姿を水に映しながら、ゆったりと進んでいる。

　花盛りの季節なので、公園は人で賑わっているが、幸い、皆、花と池に夢中で、通路から離れた机席の五人に注目する人はほとんどいなかった。

　ヴァンツァーはレティシアに呼ばれて来たのだが、金銀黒の三人までいたのは予想外だった。

「言ってなかったっけ？　おまえに調べてもらったチャンプも一緒に行ってるぜ」

金銀黒天使には既に話していたが、レティシアはあらためて研修班の顔ぶれと病院での出来事、特に車椅子のケヴィンと難病の少女の友情について話し、嘆息とともに、こう締めくくった。

「まずいことになってさあ。今のチャンプの目標が『ケヴィンに俺たちの劇を見てもらう』なんだよ」

ルウが指摘する。

「別にまずくはないと思うけど。その男の子の足が間に合うかどうかが心配なのかな？」

リィも言った。

「女の子の病状次第だと思うけど、どうなんだ？」

「そこが問題なんだよ……」

レティシアは何やら複雑な表情をしていた。

「この間、研修に行ってみたら、エイミーの病態はひどく悪化してた。新しい薬が合わなかったらしい。俺も会ってきたんだが、ほとんど寝たきり状態だ。そうなるとケヴィンはもう歩く練習どころじゃねえ。エイミーの病室の窓に張り付いて動かないんだよ」

再びルウが指摘する。

「窓ってことは、元の病室にいるってこと？　集中治療室じゃなくて？」

「ああ。ベッド自体が自動機械（オートマトン）みたいだった。窓に見舞客が来ると、エイミーを載せたまま、ベッドが横滑り（よこすべ）りして近づいてくるんだよ。顔色は良くないが、意識はしっかりしてるし、受け答えも一応できてる。ただ、元気には程遠い」

「当然、ケヴィンも歩こうとしない」

「そういうことだ」

リィの言葉にレティシアは頷いた。

「正直、エイミーがどうなろうと俺には関係ない。けどな、ケヴィンには大学祭まで来てもらわないと、後が困るんだ。——このままだとチャンプのやつ、『病院まで出向いてボランティア公演をやる』とか言いかねねえんだよ」

「……熱血だね」

「で、ケヴィンが前向きになるためにはエイミーが元気になるのが絶対条件なわけ」

それはそうだろうと、全員、頷いた。

ルウが尋ねる。

「エイミーの容態はどんな感じなの？」

レティシアは沈黙した。

何か心に引っかかっている様子だった。

珈琲を飲み、しばらくしてから口を開く。

「前に見た時は死にそうには見えなかったんだがな。今は正直、わからねえ」

ヴァンツァーが怪訝な顔をして尋ねた。

「おまえが？　見てわからなかったのか？」

医者でもない相手に尋ねることではない――と、普通なら思うかもしれない。

しかし、レティシアはいわば『死』の専門家だ。

死相という言葉があるように、その人に迫る死の気配をこの男が感じ取れないはずはない。

逆もまたしかりだ。

病魔に冒された人がそのまま死神の元へ行くのか、それともこちら側へ戻ってくるのか、その見極めがつけられないとは思えないのである。

そんな元同僚の疑問を察したのだろう。

レティシアは肩をすくめて、あっさり言った。

「病院に人殺しがいるんだよ」

意外な言葉に皆、眼を見張った。

シェラが端的に尋ねる。

「おまえの他にか？」

「一緒にすんなよ。お嬢ちゃん。俺は引退した身。あっちは現役ばりばりの医者だ」

ルウが首を傾げている。

「人殺しって、穏やかじゃないね。お医者さんなら、患者さんを死なせることもあるだろうけど……」

「そりゃあ当然あるだろうな。不可抗力でな」

含みのある言い方に、一同、レティシアを見た。

その本人は池に眼をやり、どこか他人事のような口調で続けている。

「こんな魔法じみた世界でも、人間の命には限りがあるんだ。医学がどんなに発達していても、医者がどんなに優秀でもだ。療養病棟や緊急外来担当ならなおさらだな。担当した患者の死を一度も経験していない医者のほうが珍しいと思うぜ」

「…………」

「病院ってのは人が死んでもおかしくない場所だ。まっとうな医者なら治すほうに全力を尽くすけどよ。医者がその気になったら、不可抗力に見せかけて、故意に死なせるのは別段難しいことじゃない」

　ルウが確認するように問いかける。

「医療ミスとは違うんだね？」

「別物だぜ。ミスってのは、治すつもりだったのに、処置を間違って死なせちまうことだろ」

「それも本来あってはならないことだけどね」

「実際にそういう例はゼロじゃない。医者の技倆の問題もあれば、運もある」

「患者さんとしては、命がかかってるのに、不運で片付けられたら、たまったもんじゃないけどね」

「医者にとっても同じことだ。どんなに努力しても、最善の処置をしても助からない命もある。そうした現実に納得できない患者が、医療ミスだと言い張る例もあるみたいだけどよ」

　突然、家族を失った遺族の痛みは計り知れない。『仕方がなかった』『運命だった』では割り切れないこともあるのだ。

　しかし、同時に『人間はいつか必ず死ぬ』という厳然たる事実がある。

　そのいつかが、今この時であるとは誰も思わずに過ごしているだけだ。

　それを踏まえてレティシアは言った。

「俺の見立てでは、そいつ、百人は殺してるぜ」

　ルウが驚きの声を上げる。

「そんなに？」

　シェラも苦い顔で吐き捨てる。

「藪医者（やぶいしゃ）にも程がある」

　リィも同感だった。

「そんなに死んでたら、医者なんかやってられない。訴訟の相手をするだけで手一杯のはずだぞ」

至極もっともだったが、レティシアは首を振った。

「その数十倍、助けてるんだよ」

「………」

「ちょっと調べたが、訴訟沙汰は一件も起きてない。それどころか、世間では名医で通ってる。そいつはもともと研究医で、これまで何度も画期的な成果を挙げて、医学の発展に多大な貢献をしているそうだ。そいつがエイミーの担当医なんだよ」

ルウが尋ねる。

「エイミーの病状が悪化したのは、その人がわざとやったってこと？」

リィが疑問を述べた。

「おかしいじゃないか。おまえの言い分だと、その医者は人殺しなんだろう？」

シェラが冷静に後を続ける。

「だが、その少女はまだ生きている。なぜだ？」

レティシアは腕を組んで考え込んだ。

この男はもったいをつけるような性格ではない。自身の考えをまとめるための沈黙のようだった。

嘆息して言う。

「俺はさあ、殺すほうは専門でも、治すほうはまだ習い始めたばかりのど素人だから、こればっかりはあてずっぽうに過ぎないんだけどよ……」

「前置きが長いな」

ヴァンツァーの指摘にもかまわず、レティシアは難しい顔で言った。

「あいつ、本当はエイミーを治せる――少なくとも治す方法を知ってる。そんな気がするんだよ」

皆、顔を見合わせた。

「どういうことだ？」

「そう思った根拠は？」

リィとヴァンツァーの問いにレティシアは答えた。

「エイミーは新しい薬にかなり期待してた。今度の薬が効いたら外に出られるってな。あの嬉しそうな様子は本人の希望的観測なんかじゃない。つまりは医者がエイミーにそう話したってことだ」

一同、まだレティシアが何を言いたいかわからず、黙って話を聞いている。

「もちろん、結果がどう出るかは投与してみないとわからない。が、まるっきり無駄とわかってるのに、エイミーをぬか喜びさせる理由はない。薬が効くか効かないかの目論見は半々くらい――むしろ効いてくれるだろうって目算のほうが高かったはずだぜ」

ルウが頷く。

「正しい見解だと思うよ」

「ところが、エイミーは一気に悪化した。担当医はこの結果にどう反応する？　顔には出さなくても、『予想が外れた』『こんなはずではなかった』そう思うのが普通じゃねえ？」

それも正しい見解である。

レティシアは肩をすくめた。

「あいつ、平然としてるんだ。もっと露骨に言えば『予想どおり』って顔なんだよ」

一同、顔を見合わせた。

ルウが遠慮がちに尋ねる。

「念のために訊くけど、平静を装っているだけってことはないよね？」

答えはわかっていながらの問いだった。

この男は医療は素人でも、人が隠している本心に気づかないほど鈍くはないからだ。

案の定、レティシアは苦笑した。

「それどころか、表向きは悲壮感を漂わせてるぜ。エイミーの家族に対しても、お嬢さんは今、懸命に病気と闘っている。自分も諦めてはいない。どうかお嬢さんと自分を信じて、もう少し見守ってほしい。――こんな感じでさ。母親は涙ぐんでたよ」

リィが言う。

「――で、おまえはその言葉は嘘だと思うんだな。新しい薬が効かないことがわかっていたと？」

「ああ。証拠は何もないけどな。わからないのは、何でそんなことをするのかだ」

レティシアは本当に不思議そうに首を捻っている。

「すぐに回復させちまったらおもしろくないから、家族の心配が最高潮に達した頃合いを見計らって、『劇的な回復、絶大な感謝と拍手喝采（はくしゅかっさい）！』ってのをやりたいのかとも思ったんだけどさ」

リィは納得できない様子だった。

「だけど、もう充分名前の通った医者なんだろう？　今さらそんな小細工をする必要があるか」

「そうなんだよ。そこがわかんなくってさ」

レティシアもほとほと困った様子だった。

「どんな事情があるか知らないが、さっさと治してくれないと、大学祭に間に合わねえんだよな」

ヴァンツァーが言った。

「最初から治す気がないという可能性は？」

リィ、ルウ、シェラがヴァンツァーを見る。

レティシアはすかさず反論した。

「だったら効かない薬を投与して生かし続けておく理由は何だ？」

ヴァンツァーはもとより、誰にも答えられない。

レティシアは自分の携帯端末に写真を表示させて、一同に見せてきた。

「――こいつ。どう思う？」

ヘルマン・シュミット教授の写真だった。

教授が医学界で名誉ある何らかの賞を受賞したという記事だ。賞杯を手に誇らしげに笑っている。

ルウとリィは首を傾げた。

「一見すると、ハンサムだけど……」

「あんまり、いい印象じゃないな。えらそうだ」

レティシアが笑って茶化した。

「あんたがそれ言う？　俺の知ってる人間の中で、ダントツにえらそうなくせに」

「そう言うおまえは、ダントツでひねくれてる」

「どこがよ？　こんな素直な好青年に向かって」

「教えてやるけどな。そういうのを、『開いた口がふさがらない』って言うんだ」

リィとレティシアがこんなやりとりをしていたら必ず割って入るはずのシェラが反応しない。

　無言で端末の写真を見つめている。

　ヴァンツァーは感情のない声で言った。

「似てるな」

　リィから視線を移して、レティシアが頷いた。

「本家に比べたら小粒感は否めないけどな。名医で通ってる上に、医学界では文句なしの有名人だから、求心力も人望もある。その分、ものすごい自信家で、自己顕示欲も半端ないぜ」

「なぜわざわざ俺を参加させたのか、疑問だったが、こういうことか」

「ああ。相手が殺しの常習犯だからな。おまえとも情報を共有しとくべきだと思った」

　リィが尋ねた。

「誰に似てるんだ？」

　レティシアが答える。

「お嬢ちゃんが殺した俺たちの総元締め」

　一瞬、奇妙な沈黙が落ちた。

　それは彼らがまだこの世界に来る前の話だ。

　その人物を見たことがないリィは端末を見つめ、同じくその人物を知らないルウが尋ねる。

「この人も暗殺一族の親分さんなの？」

「まさか。こいつに組織を率いるほどの能はねえよ。助手の一人か二人はいるかもしれないけどな」

「助手がいるなら単独じゃないでしょう」

　リィも疑問を呈した。

「顔が似てるからって、人殺しなのか？」

「俺はそこまで短絡的じゃねえよ、王妃さん」

　レティシアが笑って言う。

「こればっかりは口じゃあうまく説明できねえが、人殺しは人殺しの顔をしてるんだよ。一目でわかる。――あ、こいつ、やってるなって」

　ヴァンツァーが同意した。

「それも、十人未満でないことは確かだ。かなりの『やってる』度合いだぞ」

シェラも控えめに同意した。

「わたしも、そう思います」

「まあ、その点はおまえたちのほうが専門だから、疑ってるわけじゃないけど……」

言いながら、リィは首を捻っている。

「そもそも人殺しをする理由は何だ？　殺し屋なら金で仕事を請け負うけど、有名な医者なら金銭的に困ったりはしてないはずだろう」

ヴァンツァーが言った。

「快楽殺人という可能性もあるぞ。なまじ人の命を安易に奪える立場にいるからな」

「おもしろずくで殺してる？　世も末だな。そんなやつが医師免許を持ってるのか……」

リィは呆れて言ったが、レティシアは大まじめに頷いた。

「汚れ仕事をするにはいい隠れ蓑だと思うぜ」

自分の端末を取り上げて操作する。

「まあ、こいつがどんな仕事をしてようと、俺には関係のない話だ。放っとこうと思ったんだけどよ。――こんな連絡がきた」

通信文を表示させて、一同に見せてくる。

差出人はヘルマン・シュミット。

文章は至って事務的なものだった。

個人的に会って話がしたい。次の研修の後にでも、一人で院内の研究室を訪ねてくれないか、とある。

これを読んだ一同が感じたのは著名な教授がなぜ一介の医学生を個人的な面談に誘うのか、だった。

ヴァンツァーが尋ねる。

「おまえを同類だと見抜いたのか？」

「馬鹿言え。誰がそんなへまをするかよ」

シェラが睨みつける。

「わかるものか。去年の件はどうなんだ。おかしな連中に眼をつけられて、この人まで巻き込んだ」

「それだよ。お嬢ちゃん」

レティシアは身を乗り出して、おもむろに言った。

「こいつが興味を持ってるのは去年の事件だ」

四人のセム大生による連続殺人事件。その結果、生じた同士討ちによる犯人の学生たち全員の死亡。

レティシアはその凄惨な事件に居合わせた目撃者――ということになっている。

無論、これらの事実は公表されてはいない。

だが、シュミット教授はセム大医学部の出身だ。教授の現在の地位を考えれば、大学上層部に強い影響力を持っていることは想像に難くない。

事件の詳細はもとより、レティシアの連絡先を入手するのも容易だったのだろうが、ヴァンツァーは首を傾げた。

「今さら、何を訊きたいと言うんだ？」

リィも疑問を呈する。

「おれもその事件の生き残りだけど……？」

レティシアは首を振った。

「あんたはまだ中学生だし、医学生でもないからな。いわば部外者だ。俺は一応、こいつの後輩。しかも、自分の研究室のある病院で研修をしてるわけだから、好都合だったんじゃねえの」

「病院の中に、この教授の研究室があるのか？」

「本人の研究所は立派なのが他にちゃんとあるんだ。病院にあるのは分室って感じかな。だから、余計に誘いやすかったんだと思うぜ」

そこまで説明して、レティシアはルウを見た。

「せっかくのお招きだからな。会ってみるつもりだ。――そこでだ、最後の手段を頼みたいわけよ」

ルウは笑って頷いた。

「頼まれるのはいいけど、何を知りたいの？」

「こいつが本当にエイミーを治せるのか」

「…………」

「治せるとしたら、こいつをその気にさせるのに、俺はどの程度まで荒っぽい手段を使えるのかだ」

シェラは苦い顔になり、リィは呆れて肩をすくめ、ルウは苦笑しながら確認した。

「荒っぽいのが前提なの？」

「だってこいつ、人殺しだぜ？」

レティシアは平然と言ってのけた。

「こいつがエイミーを治せるんなら、そこを逆手にとって言うこと聞かせるのが手っ取り早いじゃん」

リィが呆れた声を上げた。

「おまえ、また勘違いしてるぞ。それは荒っぽいんじゃなくて、考えなしっていうんだ」

この意見にヴァンツァーが頷いた。

「エイミーを治療させることはできても、その後をどうする。自分の秘密を知られたとなれば、教授がおまえを見逃すはずはない」

「別にいいじゃん。俺を片付けようとしてくれれば、いっそのこと手間が省けて万々歳だ」

確かにその通りではある。

教授がレティシアに手を掛けようとしたその瞬間、すべて片付くわけだが、シェラが冷たく指摘した。

「忘れていないか。この世界で殺人は厳禁だぞ」

レティシアは画面を消した自分の端末を指さして、不満を訴えた。

「こいつはやってるじゃん」

すると、ここで意外にもヴァンツァーがシェラの援護に回ったのだ。

「だからといって、おまえが禁を犯す特例を認める理由にはならない」

「頭固いねえ、おまえ……」

レティシアは呆れたが、ヴァンツァーも譲らない。

「向こうでなら、おまえの仕事が見破られることは決してない。自信を持って断言できるが、こちらの技術は侮れないぞ。万に一つ、おまえに官吏の手が伸びたら、俺にも火の粉が降りかかるかもしれん」

もっともな正論にレティシアは肩をすくめた。

「俺だって、揉め事は避けられるなら避けたいさ。だから、どの程度まで揉めって訊いてるんだよ」

ルウがその場をなだめた。

「はい、そこまで。喧嘩しないの。――とりあえず、教授がどんな人か見てみるよ」

皆、無言で机の上を片付けて場所を空ける。

ルウはいつも携帯している占い（うらな）の手札を取り出し、一枚ずつ丁寧に机の上に並べていった。


時刻は夜の七時を回っていた。

昼間は患者や見舞客で賑わう聖グロリアス病院も、この時間だと、しんと静まり返っている。そもそも今日は土曜なので、外来受付も午前中のみだ。

唯一、受付時間に関係なく稼働しているのが救急外来である。

時として戦争状態を呈するが、ありがたいことに、この日は比較的静かだった。

先程、転んで膝（ひざ）をすりむいたという老婆を治療し、手続きを済ませて送り返し、ほっと一息ついた時だ。

救急隊員から患者を搬送（はんそう）するという連絡が入った。

「十代、男性。階段から落ちて頭を強く打った模様。意識がありません」

「了解」

職員たちが素早く受け入れ準備を整える。

患者の詳しい情報はないが、『頭を打って意識がない』という状態は一刻を争うものだ。

まもなく救急車が到着した。

自走式の担架で運び込まれた患者は十代の中でも前半のほうだろう。

これが本当に『男性』かと、職員が眼を疑うほど美しい顔立ちの、銀色の髪の少年だった。

ぐったりと眼を閉じ、呼びかけても応答がない。

医療用の自動機械（オートマトン）が患者の状態を検査し始める中、救急車の後を追って無人タクシーが到着した。

十代の子どもと、少し年上に見える青年二人が、慌てた様子で車を下りて、院内に駆け込んでくる。

「今運ばれた子の付き添いです！」

救急外来の看護師は内心、呆気にとられていた。

揃いも揃って、眼を見張るほど美しい子どもたちだったからだ。

しかし、見惚（みと）れている場合ではない。職業意識を発揮して、事務的な質問を開始する。

「患者の名前は？　ご家族ですか」

一番年長に見える青年が青ざめた顔で首を振り、すぐ横にいた『金髪の美少女』を見ながら答えた。

「名前はシェラ・ファロット。——家族はいません。彼の父親が後見人ですけど……」

看護師は『彼⁉』と心のうちで、ひっくり返った声を出したが、ここでも見事な職業意識を駆使して、無表情を保（たも）つことに成功した。

「この惑星にはいないので、今はぼくが保護者です。ルーファス・ラヴィー。サフノスク大の学生です」

これにはさすがに驚いて問い返した。

「サフノスク大学？　サンデナン大陸のですか？」

連邦大学惑星（ティラ・ボーン）でも名前の知られている名門校だが、聖グロリアス病院があるのはログ・セール大陸だ。

かなりの距離がある。

「はい。今日はみんなでこっちに遊びに来たんです。そうしたら、帰りの電車の時間に遅れそうになって、公園を横切ろうって話になって……」

足をすべらせて、階段から転がり落ちたという。

「最初は、たいしたことないと思ったんです。でも、意識がないし、呼びかけても反応がないし、迂闊に動かさないほうがいいと思って……」

「賢明（けんめい）な判断でしたよ」

もう一人『白皙（はくせき）の貴公子』と呼ぶのがぴったりの美青年も、不安そうに問いかけてくる。

「容態はどうなんですか」

「検査中です。しばらくお待ちください」

彼らが通されたのは検査室の外の通路だった。

一応、長椅子が置いてあり、飲物の自販機もある。

患部が頭ということもあってか、検査にはかなり時間がかかった。

その間、三人は落ち着かない様子で待っていたが、やがて現れた看護師は事務的に告げたのだ。

「まだ意識が戻らないので、今夜は入院ですね」

ルウが顔色を変えて尋ねる。

「そんなに悪いんですか？」

「いいえ。検査の結果、何も異常は見られません。詳しいことは専門病棟でお尋ねください」

シェラは既にそちらに搬送されたという。

三人は言われたとおり、夜の院内を進んだ。救急外来を離れると、照明もいくぶん抑えられて、ひっそりと静まり返っている。

院内図も頼りにしながら、指定の病棟へ向かうと、若い看護師が彼らを迎えてくれた。

「シェラ・ファロットさんのご家族ですか?」

ルウが答える。

「家族ではないんですが、保護者です」

土曜のこんな時間ではあるが、脳神経医だという医者が現れ、検査結果を教えてくれた。

「本人の意識が戻るのを待って、問診してみないと、はっきりしたことは言えませんが、恐らく、問題はないでしょう」

「ほんとですか?」

「でも、入院って……」

三人は一応、胸を撫で下ろしはしたものの、まだ不安は去らない。

医者はそんな彼らを安心させるように言った。

「脳には異常はないんです。とはいえ、頭の怪我はたいしたことがないように見えても、後遺症が出る場合もありますからね。明日もう一度、検査して、それから退院してもらいます」

三人は顔を見合わせ、ルウは遠慮がちに言った。

「あの、それなら、ぼくたちも残っていいですか? シェラが明日、退院できるなら、一緒に帰ります」

医者は快く許可してくれた。

患者本人に意識がない。こうした場合、代理人がいてくれたほうが病院側としてもありがたい。

医者の横にいた看護師が三人に説明してくれる。

「この通路の先に患者さん用の休憩所があります。長い手術の時など、ご家族が待つこともあるので、一晩過ごすくらいはできますよ」

「ありがとうございます」

医者がその場を離れた後、ルウは看護師に訊いた。

「あの、シェラの顔は見られますか？」

「どうぞ」

病室は個室だった。

そっと覗いてみると、シェラが寝かされている。

ただ眠っているだけのようにも見えるが、ルウは心配そうに看護師に問いかけた。

「どこも悪くないのに、意識が戻らないなんて……大丈夫なんですか」

看護師は安心させるように微笑んだ。

「頭を強く打っている場合はそっとしておくほうがいいんですよ。本当に検査では何も異常がないので、恐らく自然に眼が覚めると思います」

「ぼくたち、付き添ってなくてもいいんですか？」

「はい。この病室自体が容態を常に見ていますから。意識が戻ったら、すぐにお知らせします」

「よろしくお願いします」

病室を出て、看護師もその場を立ち去り、金髪の少年が不安そうに言った。

「外泊になるって寮に連絡しないと」

「フォンダム寮にはぼくから連絡を入れておくよ。――ヴァンツァー。きみはどうする？」

白皙の貴公子は淡々と答えた。

「俺も残る」

通路での通話は禁止されていないが、二人は一応、休憩所まで行って携帯端末を取り出した。

「フォンダム寮ですか？　ぼくはサフノスク大学のルーファス・ラヴィーです。実はそちらのシェラ・ファロットが怪我をして――いえ、たいしたことはないようなんですが、今夜は入院することになって、はい。ヴィッキー・ヴァレンタインも付き添います。そうです。二人とも外泊です」

一方、ヴァンツァーの連絡は簡潔だった。

「今夜は外泊します」

ルウが連絡した相手は本当にフォンダム寮の舎監（しゃかん）だったが、ヴァンツァーは違う。

通話相手は病院の眼と鼻の先にいたのだ。

『今夜は外泊』はあらかじめ決めた合言葉である。

病院というところは至る所に監視装置がある。

音声までは拾っていないとしても、念のためだ。

連絡を受けたレティシアは「了解」とだけ言って、通話を切った。

彼が今いるのは、救急外来受付とはまったく別の一角だった。通りに面していないので人通りもなく、生い茂った緑が夜の街灯に黒く照らされている。

その茂みに隠れている通路を進むと、ひっそりと目立たない場所に、職員用の出入り口が現れた。

普段は使われない出入り口のようで、暗証番号の錠の他に、非常用の有線通話装置が設けられている。

レティシアは通話装置を作動させて告げた。

「夜分すみません。シュミット教授に呼ばれて来たレティシア・ファロットです」

すぐに出入り口の錠が解除された。

8

シュミット教授の研究室は一般の医師たちが集う医局とは別の場所にあった。

レティシアにとっては初めて歩く場所である。

足元の表示もなかったが、研究室の場所は事前に聞いていたので、迷わず目的地までたどり着いた。

そこで少し戸惑った。

眼の前にあるのは立派な木製の扉だったからだ。

この病院でこんな扉を見るのは初めてである。

院長室と言われたほうが納得できる高級感のある扉で、どう見ても研究室には見えない。

首を捻っていると、左手から声がした。

「ファロットくんですか？」

この扉の前には左右に伸びる廊下がある。

左手を見ると、廊下のすぐ先の突き当たりに扉があった。

そちらは見るからに無機質な、機密性の高い扉で、暗証番号鍵が設置されている。

白衣を着た若い男がそこから出てきたのだ。

「助手のベンソンです。先生は今、手が離せなくて、しばらく中で待っていてください」

言いながら、木製の扉を開けてくれる。

中は立派な応接室のようだった。

入って正面に重厚な木製の机があり、その手前に、長椅子と机の、いわゆる応接セットがある。

左手の壁には教授の写真や賞状が飾られていた。

来客に見せたいんだろうなと思ったレティシアは、その壁を正面から見る位置に腰を下ろした。

表彰台のような壁は間仕切りになっているようで、ベンソンが壁の奥に入っていき、茶器を整える音が聞こえてくる。同時に扉が開く音がした。

廊下に面した扉ではない。

間仕切りに遮られて見えないが、壁の向こうには給湯設備と並んで、別の扉もあるらしい。

　案の定、重厚な机の奥を通るようにして、白衣のシュミット教授が姿を見せた。

　男ぶりがよく、ゆったりと歩いてくる姿からも、自信と余裕が感じられる。

「待たせたかね」

「いえ」

　レティシアは首を振って、

「土曜なのに、こんな時間に押しかけてすみません。研修の後だと、他のみんなにどう言えばいいのかわからなくて。先生に呼ばれているなんて言ったら、みんな絶対ついてきて、俺を一人にしてくれないと思ったもんですから……」

「いや、こちらこそ、無理を言ってすまなかったね。この時間のほうが煩わしさがなくて、ありがたいよ。邪魔が入らず、話ができるからね」

　全然すまないと思っていない口調で言い、教授はレティシアの正面に腰を下ろした。

　ベンソンが現れ、教授とレティシアの前に珈琲を置いて一礼する。

　彼は律儀に、廊下に面した木製の扉を出ていった。間仕切りに隠れて見えない扉は教授専用らしい。

　二人きりになると、レティシアはちょっと居心地悪そうに身じろぎして、口を開いた。

「それであの、俺に話って、何ですか？」

　シュミット教授はありがたいことに時間を無駄にする性格ではなかった。単刀直入に切り出した。

「去年の事件についてだ」

　レティシアの顔が曇（くも）った。黙って下を向いた彼に、教授は励ますように続けた。

「きみにとって思い出したくない事件であることはわかっているが、きみはあの事件の貴重な目撃者だ。同士討ちを始める前の彼らの様子が知りたい」

「様子……ですか？」

「そうだ。彼らは何を話していたかね」

「何って、言われても……」
レティシアはますます落ち着かない様子だった。
そんな学生の姿を見て、教授は少し表情を和らげ、
同情するように言ったものだ。
「あの事件では、きみも大怪我をしたのだったね」
「はい」
「だが、きみは逃げなかった」
レティシアはちょっと不思議そうな顔になると、
納得して頷いた。
「ニコラのことですか」
「そうだ。無論、彼の行動を責めるつもりはないよ。
それどころか、無理からぬことだと思っている」
「………」
「わたしは後になって現場の写真を見ただけだが、
軍医でもない限り、あんな光景はなかなか見ない。
しかも、自身も重傷を負わされたとなれば、十代の
少年には非常な衝撃だったのだろうと想像はつく。
では、きみはなぜ、医学部から去らなかったのか。
その理由を先に聞かせてもらえるかな?」
「俺――自分は……どうしても医者になりたいと、
ならなきゃいけないと思ったんで……」
レティシアは困惑しながら説明した。
「自分の故郷は辺境なんです。医者不足が深刻で、
一人の行動でどうにかできるわけでもないですけど、
やらないよりは、ましかなって……」
教授はじっとレティシアを窺っている。
「それに、自分は給費生なんで、ここでやめたら、
今まで支給してもらった学費が無駄になります」
「立派な心がけだ」
教授は珈琲を一口飲んで、話を戻した。
「心理学は専門外だが、あの事件を起こした彼らも、
立派な医師になるという志を持っていたはずだ。
その彼らが、なぜあんな暴挙に出るに到ったのか、
理解に苦しむのだよ。納得できる理由を知りたい」
レティシアは苦い顔で首を振った。
「デュークたちがしゃべっていたことなら、覚えて

ますけど……聞いたって納得なんかできませんよ」

「かまわんよ」

レティシアは複雑な表情で沈黙し、やはり珈琲を一口飲むと、嘆息とともに言葉を吐き出した。

「彼、デュークは、自分は選ばれた人間なんだって言ってました」

教授がわざとらしく眼を丸くする。

「意味がわからんな」

「俺もそう言ったんですけど……」

躊躇いつつ、レティシアはその言葉を繰り返した。

「自分は選ばれた人間なんだから、法律は無意味な形骸に過ぎないって。——そもそも、どうして人を殺してはいけないのかとも言ってました」

「………」

「どんな基準で誰に選ばれたのか知りませんけど、不要な連中を多少始末したところで何も問題はない。デュークは本当にそう信じているみたいでしたよ。彼らは自分たちの役に立ったのだから無駄ではない。むしろ、有意義な死を迎えたと言えるだろうって。すげえ根性だなと思いました」

教授は呆れたように言った。

「なんともはや、小児病的だな」

「デュークの父親は、この惑星でも屈指の実業家で、セム大の理事の一人でもあったんですよね」

「そうだ。息子の不祥事のせいで理事を辞した」

教授は呆れたように首を振った。

「彼がなぜそんな選民意識に囚われたかは知らんが、馬鹿なことをしたものだ」

「ほんとですよ。親はいいとばっちりですよね」

幾分、いつもの軽い口調で言うと、レティシアは居住まいを正して、教授に切り出した。

「俺も先生に訊きたいことがあったんです」

「ほう、何かな?」

レティシアは顔を上げて、まっすぐ尋ねた。

「エイミーは治るんですか?」

意外な質問だったのだろう。教授はちょっと虚を突かれた顔になった。

「エイミー・スワンか。知り合いなのかね？」

レティシアは首を振った。

「前回の研修の時、偶然、先生がエイミーの家族と話しているのを聞いちゃったもんですから……」

「ああ、あの時か。きみもいたのか」

「俺の小さな友達が、エイミーのことをひどく気に掛けているんですよ」

「ふむ」

シュミット教授は、広い講堂で、学生たちを前に講義をするような態度と口調で話し出した。

「エイミー・スワンの症例は極めて特殊だ。きみはまだ予科生だからな。専門的な説明をしたところで理解はできないだろう。今のきみにもわかる表現を使うと、エイミーはいわば『空気アレルギー』とも言うべき状態にあるんだよ」

レティシアは眼を見張った。

「そんな病気があるんですか？」

「誤解しないでくれたまえよ。厳密には無論、違う。あくまでわかりやすく言うならだ。それが一番近い。健康な人間でも、高濃度の粉塵に長期間晒されれば呼吸器官に異常を来すだろう。彼女の場合は、その症状が普通の空気でも起こるということだ」

「じゃあ、エイミーは肺が悪いんですか？」

「それもあるが、彼女は喉の粘膜にも炎症が出る。むしろ化学物質過敏症に近い」

「だから、無菌室に？」

「そうだ。空気中のどの成分に拒否反応を示すのか、今はそれを探っている段階なんだよ。まだ特定には到っていないが、必ず突き止めてみせる」

教授は鷹揚に微笑んだ。

「きみの小さな友達には安心するように伝えなさい。エイミーは必ず回復するよ」

レティシアはほっとしたように笑って頭を下げた。

「ありがとうございます」

二人に珈琲を出したベンソンは廊下を戻り、突き当たりの扉の暗証番号鍵を解除して、中に入った。

さらに、もう一つの扉をくぐる。

二重扉の向こうは設備の整った研究室だった。

教授の助手として仕事は山ほどある。ベンソンはさっそく中断していた作業を再開した。

ところがだ。不意に背中に異変を感じた。

同時に、彼のすぐ後ろで人の声がした。

「動かないで。両手を上げて」

真っ先にベンソンを襲ったのは驚きと混乱だった。この研究室に入れる人間は限られている。思わず振り返ろうとして、強く背中を押される。

「動かないでって言ったでしょ。聞こえてない？」

話し言葉はのんびりと穏やかなのだが、その声に込められた凄みは生半可（なまはんか）なものではない。

ベンソンの混乱した頭はその時ようやく、背中に当たる固い感触の正体に思い当たった。

恐らくは銃口だ。

あまりにも現実離れしている状況に、恐慌状態（きょうこう）に陥りながら慌てて両手を上げ、喘ぐように言う。

「こ、ここには金なんかないぞ……」

「エイミー・スワンの治療薬を出して」

「……な」

「何度も言わせない。エイミーの薬を出して」

「そ、そんなものは……！」

「嘘をついても無駄。完成してるのは知ってる」

ベンソンの全身が、どっと冷や汗に濡（ぬ）れる。

背中を突く感触に押されて、ベンソンは研究室の棚に収まったアンプルを、のろのろと示したのだ。

背中の声はさらに言う。

「エイミーの診療記録を出して」

震える指でベンソンは端末を操作した。

だが、画面に表示される内容は専門家でなければ読み解けない、暗号のような用語の羅列（られつ）である。

押し込み強盗などに読めるはずはないが、背後の相手は呆れたような声を発したのだ。

「なんだ、完成した薬をちゃんと使ってるんだね。――ただし、用量と濃度が全然違う」

「…………」

「どんなにいい薬でも、過度に使えばただの毒だよ。わかっているのに、何でこんなことするの？」

「…………」

首筋にひやりと硬いものが押し当てられる。

「頸動脈を切られたい？」

脅しではなかった。微笑さえ含んだ声は、間違いなくそれを実行できると如実に示している。

たまらず、ベンソンは叫んだ。

「――本番前の実験なんだ！」

「本当に治したい患者が他にいるってこと？」

「そうだ！　有力な連邦議員の息子が、エイミーと似た症状で、そっちは失敗できないから！」

「一般市民のエイミーなら失敗してもいいんだ？　だけどねえ。薬なんて、患者の体質次第で効き目も変わってくるでしょうに」

「あ、安全性を高めるために必要なんだ。あと数回、エイミーで試して、濃度を調整してから……」

本番で使う予定だったと、ベンソンは白状した。

ルウはやれやれと呆れながら、律儀に礼を言った。

「ありがとう。ちょっと眠ってて」

首筋に強い打撃を食らってベンソンは意識を失い、不審人物の姿を見ることなく、その場に倒れ込んだ。

応接室ではレティシアと教授の会話が続いている。

「俺、今度、大学祭で芝居をやるんです。『新春の朝』っていう劇の少年の役で」

個人的な話題を持ち出されて、教授は興が冷めたような顔だった。レティシアの私生活になど、何の興味もないのだ。それでも一応、問い質した。

「有名な物語だな。それがどうかしたかね？」

「あれって、感動的な話なんですよね」

「そのようだね。わたしの好みではないが」

「俺もです」

シュミット教授と意見が合ったことに嬉しそうに頷いて、レティシアは続けた。

「どこが感動できるのかわからなくて。『何これ？　普通じゃん？』って、すげえ謎でした」

「普通？」

「はい。俺の育ったところでは、飢えと寒さで人が死ぬのは全然珍しくなかったんですよ。——だから、何でそんな当たり前すぎるくらい当たり前のことを、わざわざ金を払って見に行くんだろうって」

「ほう？」

教授はあらためてレティシアを見直した。初めて、この学生の生い立ちに興味を持ったようだった。

「つまり、きみは死体を見慣れていたわけか」

「はい。そこらじゅうに普通にあるものでした」

こんなことを平然と答える学生は滅多にいない。

教授はますます興味深げに身を乗り出した。

「一口に死体と言うが、昨年の事件で生じた死体は凍死や餓死とはまったく状況が違う。あれほど切り刻まれた血まみれの死体を何体も目の当たりにして、きみは何とも思わなかったのかね？」

レティシアはむしろ不思議そうに言い返した。

「だって、人間ですよ。死体ならともかく、生きた人間を切ったら血が出るのは当たり前でしょう？」

刺激的な言葉にさすがに教授も軽く眼を見張った。

レティシアは気まずそうに続けたのである。

「俺がいたところは武器と言ったら刃物だったんで。——貧民街なんかだと、パン一個のために、平気で人を殺すやつなんか珍しくも何ともなかったんです。だから、あの芝居に共感できないんですよ」

教授は頭のいい人間には違いない。

感心したように頷き、微笑さえ浮かべて言った。

「ひどく凄惨な環境で育ったのだねと同情するのは、きみに失礼かな？　それが当たり前だったのなら」

レティシアは細い肩をすくめて笑ってみせた。

「そうですね。俺だってこんな話、こっちの平和な世界が当たり前の同級生には言いません。それこそ

『なんてかわいそうな』って哀れまれるだけなんで。俺は何とも思ってないんですけどね。——医学部をやめなかったのは、それもあると思います」

「納得したよ」

レティシアはちょっと身を乗り出した。

「先生はエイミーは必ず治るって言いましたけど、それって、いつ頃になりますか？」

教授は困ったように苦笑して首を振った。

「断言はできんよ。わたしは最善を尽くすだけだ。エイミーにも彼女の家族にも、なるべく早く笑顔を取り戻してもらいたいからね」

「そうですよね。よろしくお願いします」

熱心に言って頭を下げながら、レティシアは頭の中では違うことを考えている。

（うまいこと言うよなあ……）

あの日、公園で手札を繰るルウの表情がだんだん険しくなるのを、レティシアは黙って見守っていた。

並べた手札を見たルウは、案の定薬は既に完成していること、ただし、教授には当面、エイミーを治す意思はないことを告げたのだ。

知りたいのはその理由と対処法なのだが、手札は教授について、もっと重要なことを示したらしい。

「さすがだね。この教授、百人以上殺してるよ」

リィとシェラが顔を見合わせた。

「意図的にだろう。それが医者なのか？」

苦い口調でリィが言えば、シェラも頷く。

「明らかに犯罪ですよね」

善良な市民としては、犯罪に気づいたら速やかに通報すべきである。

しかし、その根拠が『占い』では意味がない。

さらに、ヴァンツァーがおもむろに口を開いた。

「この男が殺人者でも、医療の発展に貢献してきた実績があるのは確かなのだろう」

ルウが手札を眺めたまま頷く。

「そうだよ。その点もレティーの言うとおりだね。この人のおかげで助かった人は何千人もいる」

リィは納得できない顔で訴えた。

「だからって、帳消しにはできないだろう？」

「できないね」

ルウは再び頷いた。

「ぼくは正義の味方を気取るつもりはないし、世のため人のためなんて言う柄でもないけど、この人を野放しにしておいたら犠牲者がどんどん増える」

すると、またヴァンツァーが言った。

「排除すべきだという意見には俺も賛成だが、この男の研究が中断されることで、救われるはずだった数多の命が失われる事態にはならないのか？」

レティシアが反論する。

「そいつあ、結果論なんじゃね？」

ヴァンツァーは首を振った。

「この男本人がそう主張するだろうと言っている。かなりの自信家のようだからな。加えて実績もある。この男を研究から引き離した後で、医療関係者から、やはり教授に戻ってもらわないとどうにもならない——という悲鳴が上がったら、どう対処する？」

金銀天使が難しい顔で考え込んだ。

「殺しはやめさせて、まともな研究だけやらせる。そんな都合のいい方法があるかな？」

「警察へ通報したのでは拘束されてしまいますから、その上の権力者に、この事実と悪事の証拠を揃えて、お知らせするのはどうでしょう」

中学生の少年二人が恐ろしく物騒なことを真剣に話し合う横で、大学生の青年が言った。

「その必要はないよ」

全員、無言でルウを見た。

黒い天使は一枚の札を示して言った。

「この札、『虚栄』って意味があるんだ」

「はあ？」

間の抜けた声を発したのはレティシアだ。

ルウは複数の手札を指しながら説明を続けている。

「こっちは『鍍金』『偽物の王冠』これは『茂みを叩かせて、飛び出した鳥を取る』かな」

リィのほうが察しがよかった。

驚いて相棒を見た。

「ちょっと待てよ。まさか……」

「そして、この札の意味は『盗用』だ」

さすがに全員、顔色を変えた。

レティシアが思わず叫ぶ。

「研究を盗んでるのか⁉」

「手札はそう言ってる。医学の発展に貢献してきた本物の天才は他にいる。教授は成果をかすめ取って、自分の功績として発表しているだけなんだ」

レティシアはさらに呆れて声を張り上げた。

「何だよ。だったら、こいつ、いらねえじゃん」

「うん。いなくなってもらったほうがいいね」

ルウも厳しい顔だった。

リィが当然の疑問を投げかける。

「研究を盗まれているその人は何で黙ってるんだ？　何か弱みを握られてるとか……」

手札を繰りながら、ルウは微笑した。

「違うみたい。——その人は稀代(きたい)の天才で、稀代の変人でもある。教授と違って、名利(みょうり)にも地位にも興味がない。ただ自分の研究が治療に反映されて、患者さんが回復している。それだけで満足なんだよ。——だから、教授の所行も知らない」

レティシアは意気揚々と言ったものだ。

「何だ。そういうことなら話は簡単だ。エイミーを治させて、ちょっくら絞めてくるわ」

鶏(とり)を絞めるよりも、さらに軽い口調である。

実際、この男にとってそんなことは朝飯前だが、黒い天使は即座に言った。

「それはだめ」

レティシアが不満そうな顔になる。

「信用ねえなあ。へまはしねえって」

「わかってるよ。だけど、去年のこともある」

「どういう意味よ？」

ルウは真顔で暗殺の天才に言い諭した。

「きみの行く先々で死体が出るなんていう噂が立つ

だけでも『善良な市民』としては好ましくないんだ。——きみは一人で教授の研究室に入り、何事もなく研究室を出た。その痕跡を残さないといけない」

「エイミーはどうする？」

「ぼくがやるよ。治療薬は完成しているんだから」

「やるったって、できんのかよ？」

「医師免許持ってるもん。偽名で取った」

「へ？」

レティシアはぽかんとなった。

そんなものが偽名で取れるわけがないが、相手は非常識の帝王である。

隣に座っている金髪の少年を見れば、

（言っても無駄）

と言わんばかりに頷いている。

そうして、黒い天使はこの作戦を立てたのだ。

夜間に病院に入るには緊急患者の付き添いが一番手っ取り早い。

シェラがちょっぴりいやそうな顔になり、しかし、果敢に申し出た。

「では、わたしが患者役ですね」

「うん。一晩寝ていてもらうことになると思う」

リィが言った。

「教授を締め上げる役をルーファ一人でやるなら、寝てる患者はおれがやろうか？　心配するふりは、あんまり得意じゃないからさ」

すると、シェラが珍しく、同情と哀れみにも似た眼差しをリィに向けたのだ。

「不慮の事故に遭って、弱っている人の役ですよ？　心配するふり以上に、あなたには無理です」

ぐうの音も出ない。

ルウはヴァンツァーにも声を掛けた。

「きみも来てくれる？」

「俺は何をすればいい」

「何も。ただ、現場にいてほしいんだ」

「目くらましか」

「そうだよ。仕事は特にないけど、欠かせない役だ。

付き添いが一人しかいないと、姿が見えなくなれば、すぐに『どこに行った』と捜される。二人でいても、『片方がいない』と気づかれる。三人なら、一人がいなくなっても気づかれにくい」

「わかった」

そんなわけで、レティシアは教授と会話を続け、頃合いを見計らって、遠慮がちに腰を浮かせた。

「それじゃあ、あんまりお邪魔してもいけないいんで、この辺で失礼します」

教授も笑顔で立ち上がった。

「有意義な話ができてよかったよ」

しかし、話はここで終わらなかった。

応接室を出ようとするレティシアを呼び止めて、シュミット教授はこんなことを言ったのである。

「ファロットくん。きみ次第だが、将来、わたしの研究室に来る気はないかね」

「えっ？」

予想外の申し出に、レティシアは驚いた。

思わず振り返り、まじまじと教授の顔を見つめる。

医学界に名だたる教授が、海の物とも山の物ともつかない学生に、直々に声を掛けているのだ。

頭の中では、

（何を言い出しやがる、こいつ？）

と呆れながら、レティシアは、興奮とはにかみと、戸惑いが複雑に入り交じった表情を浮かべてみせた。

この様子を見て、彼を芝居が下手だと思う人間は一人もいないだろう。それどころか達人の域だ。

「——俺、まだ予科生ですけど」

「わかっているとも。何を専攻するかは、これから決めるのだろう。将来の選択肢の一つに、わたしの研究分野を加える気はないかと言っているんだよ」

レティシアは感動のあまり、やっとのことで声を絞り出した（という演技をした）。

「恐縮です。でも、どうして、俺なんか……」

「これは単なる確認事項として訊くんだが……」

前置きして、教授はおもむろに言った。

「きみは生きた人間を切ったら血が出ると言ったが、自分でも実際に切った経験があるのではないか?」

レティシアは瞬時に教授の意図を察した。

(ははあ。『お仲間』だと思ったわけかい……)

素人でも数をこなしていると、専門(こちら)の感覚に近くなるのかもしれない。しかし、同類と思われるのは心外だった。いつものレティシアなら刺客(しかく)としての本性を現して、視線だけで教授を圧倒しただろうが、この時は違った。

黙って、しおらしく眼を伏せたのだ。

教授の望んでいるとおりの反応を示したのである。

予想通り、教授は『過去に過ちを犯した』学生を寛大(かんだい)に許す表情を浮かべ、慰めるように続けたのだ。

「咎めるつもりはない。恐らくは不可抗力だったのだろうし、きみの育った環境がそれをさせたのだということもわかっている。その過去を乗り越えて、きみは医師を目指しているのだろう?」

さらに硬い表情でレティシアは頷き、教授はそんな学生に対して、悠然(ゆうぜん)と言ったのである。

「同情でこんなことを言っているわけではないよ。きみには胆力がある。生きた人間を切ったら、どうなるかを身をもって知っている」

それはもう、いやというほど知ってます。

レティシアから見れば思い上がりも甚だしいが、教授はあくまで(殺人という非合法の行為に関して)自分のほうが『上』だと確信しているようで、後進を指導する余裕の表情で言ってきた。

「それは医師には必要不可欠な素質だ。残念ながら、専攻まで進んでもその覚悟が持てないでいる学生も珍しくない。きみには見込みがある。よかったら、力になろうと思ってね」

レティシアは顔を輝かせて、頷いた。

「光栄です」

扉の前に立つレティシアのほうを見ていた教授は気づかなかったが、教授の背後で動きがあった。

立派な木製の机の奥から、ルウが姿を見せたのだ。

さっき教授が使った扉から出てきたのだろう。

足音も立てず、気配も感じさせず、すべるように教授の背中に近づいてくる。

レティシアはその様子を視界の端で認識しながら、一瞥もくれなかった。

教授は、眼の前にいるレティシアの視線が自分の顔から離れないので、背後の異変に気づかない。

レティシアは教授の後ろにいるルウにはまったく注意を向けず、嬉しそうな笑顔で辞去の挨拶をした。

「お目にかかれてよかったです」

「わたしもだよ」

レティシアは一礼して応接室を出ていった。

仕事に戻ろうとして教授が振り返った、その瞬間、何かが教授の顔面を鷲づかみにしたのである。

「——!?」

眼をふさがれて何も見えない。

人の手——と教授は直感的に思った。

咄嗟にその異物を払いのけようと両手を上げたが、途端、顔面を摑む手にものすごい力が加えられて、教授の両手は宙で止まる格好になった。

身じろぎすることすらできなかった。

到底、人間の手指に発揮できる力とは思えない。

凄まじい痛みと、顔の骨を砕かれるという恐怖が教授の喉を縛り上げて、声も出せない。

「動かないで」

妙に優しい声と同時に、顔を摑む力が少し緩み、教授はやっとのことで喘ぐような声を絞り出した。

「……だ、誰だ？　何が目的だ……！」

すると、優しい声は物騒なことを言ってきた。

「あなたにいなくなってもらいたくて」

教授の全身を、どっと冷や汗が濡らした。

名声が高まれば、同時に反感も買う。

自分を妬む者も、憎しみさえ抱く者も増えてくる。

それが世の流れだという自覚はあったが、こんな強硬手段に出てくる者の心当たりはない。

顔面を摑まれたまま、教授は必死に、かすれ声で訴えたのである。

「だ、誰の差し金か知らんが、わたしを失うことは医学界――いいや、全世界にとっての損失だぞ！ そうとも！ バラスの副大統領を回復させたのも、リャドチェック連邦議員の治療法を確立したのも、あのレオン・ヴォルフを治したのだって――！」

「あなたじゃないでしょう？」

穏やかな声が無情に告げる。

「あなたはただの代理人。これからは本物の天才が自分の研究を続けてくれる」

なぜそれを知っているのか、大混乱に陥りながら、教授はなおも苦し紛れに叫んだ。

「わたしがいたから、あいつは成果を出せたんだ！ わたしがいなければ何もできないやつだぞ！」

「それはあなたが決めることじゃない」

あくまで優しく言う声が遠くなる。

顔を締め付ける力が頭部を殴られる以上の衝撃を教授に与え、もともと目隠しされていた視界が別の意味で一気に暗くなる。

朦朧とする意識の中で、かすかに、こんな言葉を聞いた気がした。

「あなたは今から少し眠る。眼が覚めたら、ぼくが言うとおりに動くんだ。――いいね？」


エイミーはふと眼を覚ました。

辺りは暗い。まだ夜だが、真っ暗ではない。非常用に、ほのかな灯りが点っているからだ。

病室の隅の長椅子で眠るお母さんの姿がぼんやり見える。

お母さんは、エイミーの前では笑っているけど、エイミーだって何もわからない赤ちゃんじゃない。

お母さんがエイミーのいないところで泣いていることくらい、ちゃんと知ってる。お父さんがそんなお母さんを一生懸命慰めていることも。

エイミーも泣きたかった。今度こそ治ると思っていたのに、どうしてこうなるんだろう。

暗い天井が涙でにじんだ時だ。エイミーは枕元に誰か立っていることに気がついた。

看護師さんかと思ったが、白衣を着ていない。

その人はエイミーを見下ろして優しく微笑んだ。

「こんばんは」

エイミーは眠い眼をしばたたいた。

誰だろう。今までこの病院では見たことがない。

こんな暗がりの中でも眼を見張ってしまうくらい、きれいな人だった。いいや、違う。

これは『人』ではないと、直感的に思った。

「……天使さま？」

「そうだよ」

「……あたし、死ぬの？」

「死なないよ」

こんなにきれいな声も聞いたことがない。

エイミーは左腕に違和感を覚えて、そちらを見た。

投薬用の機材が装着されている。この天使さまは看護師さんか、それともお医者さんなのかしらと、ぼんやり考えていると、天使は再び笑って言った。

「大丈夫。エイミーは治って、外を走り回るんだ」

「……走れるようになる？」

「もちろん。ケヴィンと一緒に練習するといいよ。

——さあ、もう少し寝て。朝になったら先生が来てくれるからね」

天使の声はとても優しかった。ふんわりと温かく、心に染みていく。とてもすてきな気分だった。

この病室に入って以来、エイミーは初めて心から安心して眼を閉じた。

次に眼を開けると、もう明るかった。

お母さんが長椅子から起きようとしている。

もう何日も、お母さんは病室で寝泊まりしている。

エイミーが眼を開けているのに気づいて弱々しく笑いかけてきたが、その時だ。朝ご飯もまだなのに、突然、シュミット先生が病室に入ってきた。

お母さんは驚いて、慌てて立ち上がって挨拶した。

「先生！　おはようございます。——あの、どうかされましたか？」

「薬が完成したんだ……」

「えっ⁉」

投薬はいつもなら看護師の役目だが、シュミット先生は自分でエイミーの枕元に立った。準備をする先生に、エイミーは夢中で話しかけた。

「先生。昨日、天使さまに会ったの」

「そうかい」

「本当よ。とってもきれいな天使さまだった」

お母さんが慌てて割って入ってくる。

「エイミー。先生の邪魔をしてはだめよ」

「……はあい」

その間にも、教授は淡々と作業を進めていたが、実はこれはただの輸液(ゆえき)である。

今の教授はルウの暗示で動いている状態だ。

そんな人に治療など危なくてさせられない。

ただ、教授が『新薬を投与した』という事実さえ残ればいいのである。

エイミーの母親はまだ起床時間にもなっていないこんな早朝に教授が現れたことに、ひどく感謝して、何度も御礼を言った。

「先生。本当に、いつもありがとうございます」

「ああ……」

教授は生返事をして、『薬』を投与し終えると、蹌踉(そうろう)とした足取りで病室を出ていった。

同じ頃、シェラも眼を覚ましている。

付き添いの三人は休憩室で仮眠を取っていたが、知らせを聞いて、すぐさま病室に駆けつけた。

日曜の早朝にも拘(かか)わらず脳専門の医師がシェラを診察して、あらためて異常はないと診断された。

「よかったあ。全然起きないから心配したんだぞ」

リィは大げさに喜び、ルウも胸を撫で下ろして、ちょっぴり不安そうに問いかけた。

「本当に大丈夫？　頭、痛くない？」

「はい。ぐっすり寝たので、気分はいいです……」

まだ寝台のシェラは笑っていたが、強がりなのは見ていてもわかる。

医者は真面目に注意した。

「検査結果に異常はなくても、頭の怪我は侮れない。体調が戻るまで激しい運動は禁止。異変を感じたら、すぐに病院へ行くこと。いいね？」

「はい。わかりました」

シェラは殊勝に答えた。

もう退院してもいいとのことだったが、手続きのできる受付は九時にならないと開かないという。

ここで、ルウがヴァンツァーに言った。

「あとはぼくたちが付き添っていくよ。きみは今日、何か予定があるんでしょ？」

「ああ。先に帰らせてもらう」

ヴァンツァーはそう言うと、一人だけ先に出口に向かった。

正面玄関もまだ開いていないので、外来用の通用口を看護師に教えてもらう。

広い病院なので、長い通路を歩いて向かう途中、看護師たちが何やら緊張の面持ちで話しているのを耳にした。

「シュミット先生が……」

「どうしてそんなところに？」

「容態は……」

何があったのかは、すぐにわかった。

早朝の散歩を楽しんでいたらしい高齢の患者が、興奮気味に、入院仲間と話していたからだ。

「おったまげたよ。医者が倒れてるんだもんよ」

「何だよ。医者の不養生ってやつか？」

「いやあ、階段の真下だからな。落ちたんだろうよ。老年科じゃあ、見たことのない医者だったな」

「医学生じゃないか？」

「違うね。結構な歳だったよ。まだ息はあったが、助かるかねえ……」

そんな会話を背に病院を出ると、ヴァンツァーは携帯端末を取り出した。

通話相手はヴァンツァーが言葉を発するより先に、開口一番、言ってきた。

「首尾は？」

「順調だ。銀色は眼を覚まし、受付が開いたら退院する。——あの男は階段から落ちて重傷らしい」

「へえ？　それも、あいつの暗示か？」

「さあな」

興味なさげにヴァンツァーは言った。

あの黒い魔法使い——あるいは魔王の使う術は、催眠術などとは比べものにならない。

本物の魔法だ。

階段の下に頭から飛び降りて——と言われた男が、そのとおりに行動しても何ら不思議はない。

ヴァンツァーは気になっていたことを尋ねた。

「結局、あの男はなぜおまえを呼んだんだ？」

「それが、傑作なんだけどよ」

レティシアは、ほとんど吹き出しながら言った。

「どうやら『助手求む』の面接だったらしいぜ」


一瞬、沈黙が訪れた。

ヴァンツァーの口元が微妙な形に緩む。

「……なるほど。死体に動じないおまえに、自分の悪行の片棒を担がせようと？」

『笑いを噛み殺しながら話すヴァンツァー』など、特別天然記念物並みに珍しい。

顔が見えないのがちょっと残念だと思いながら、レティシアも笑って言い返した。

「俺も驚いた。素人ってのはすげえこと考えるよな。——エイミーは？」

「俺は聞いていない。次に研修に行った時、自分の眼で確かめるんだな」

「そうするわ。——けど、その前に大学だな」


レティシアが次に大学に顔を出したのは火曜日。

その頃には、シュミット教授の異変は学生たちの間でかなりの噂になっていた。

日曜の早朝、シュミット教授は聖グロリアス病院の階段から転落して頭部を強打した。人気の少ない場所だったため、発見が遅れ、重症頭部外傷による昏睡状態が現在も続いている。

　パーカー教授の教室へ行くまでの間にこれだけの内容が耳に入ってきた。

　医学界の巨星とも言うべき著名人である。学生の関心が高いのも当然だが、噂というものは突拍子もない方向にも敷衍するもので、教授の業績を妬んだ何者かの陰謀だとか、教授が治療した政治家に敵対している反社会勢力による報復行為だとか、そんな物騒なことを声高に主張する学生もいた。

　研究班の皆も不安そうな顔だった。

　シュミット教授の信奉者とも言うべきサンドラやマージは青い顔をしている。

　勉強熱心なギルやブルースも浮かない顔だ。

　日頃は明るいクリフやチャド、チャンプも今日は妙に静かだった。

　パーカー教授が教室に現れて、講義が始まっても、皆どこか気もそぞろで、落ち着かない。

　そんな学生たちの様子に、パーカー教授は講義を中断して声を掛けた。

「皆、勉強に身が入らないようだな」

　重苦しい沈黙の中、チャンプが挙手して発言した。

「シュミット教授の容態はどうなんですか?」

　こういうことをずばりと訊けるのが、チャンプのチャンプたる所以だろう。

　パーカー教授は何とも言えない面持ちだったが、学生たちを見渡して、おもむろに言ったのである。

「きみたちも予科生とはいえ、医師を志す身だ。守秘義務を心得ているものと判断して打ち明けよう。——いずれ世間に知られることでもあるからな」

　最後は小さな声で付け足すように言って、教授は再び学生たちを見た。

「シュミット教授は極めて深刻な状態だ。恐らく、現役に復帰されることは不可能と見ていい」

　教室は騒然となった。

「そんな……！」

「もう——手の施しようがないと？」

「それじゃあ、教授の研究所はどうなるんです⁉」

「そもそも本当に事故なんですか⁉」

パーカー教授は学生たちが落ち着くのを待って、話を続けた。

「現在の校内には陰謀論が渦巻（うずま）いているらしいが、事故であるのは間違いない。——あの偉大な頭脳がこんな形で失われてしまうとは、医学界にとっても計り知れない損失だ。学会もたいへんな騒ぎだが、少なくとも教授の研究に関しては問題はない」

学生一同、怪訝な顔になった。

もちろんレティシアも、

（パーカー教授は天才の存在を知ってたのか？）

と思いながら、学生たちと同様の表情を装った。

「世間一般にはほとんど知られていないことだが、シュミット教授には共同研究者がいるんだ。名声にまったく関心のない人物だから、縁の下の力持ちに徹して、輝かしい研究成果の数々はシュミット教授一人の名前で発表してきたが、その功績を考えると、論文の先頭に名前が載らなければおかしい人物だ。実はわたしの同期でね。以前きみたちにも話したと思うが、結婚式に白衣で出席しようとした新郎だ」

学生たちは驚いて顔を見合わせた。

パーカー教授は深い息を吐いて、首を振っている。

「今回の事故は本当に残念だった。教授もさぞかし無念だろう。しかし、現在進行中の有意義な研究が頓挫（とんざ）しないことだけは不幸中の幸いと言える」

マージが無念そうに言った。

「でも、シュミット先生は……」

普段は軽薄な印象のチャドも恨み言を洩らす。

「これほど進歩した現代の医療水準で、シュミット教授を治療できないなんて……」

パーカー教授はおもむろに頷いた。

「知人の脳専門医がまさに同じことを嘆いていた。医学は素晴らしい進歩を遂（と）げて数々の不可能を可能にしてきたが、それでも限界はあると。人体最高の精密機器である脳について、我々はまだ全容を解明できていないのだとね」

　パーカー教授は、助手のベンソンに関しては何も語らなかったが、あの男はシュミット教授の所行を知っていながら協力していたのだ。

　何らかの処分は免れないはずだった。

「わたし自身の学生時代と比べても、医学は格段の進歩を遂げている。以前は諦めるしかなかった病や症例に立ち向かうことも可能になってきているんだ。だからこそ、若いきみたちに期待したい」

　教授は笑顔になって、学生たちに発破を掛けた。

「そのためにも懸命に学ぶことだ。まずは一人前の医師になること、それ以前に進級だな」

　学生たちの表情も真剣なものになる。

　互いの顔を見て、頷きを交わした。

「そうだな。進級だけじゃもの足らない」

「どうせならA評価を目指そう」


　気持ちを切り替え、彼らは討論に熱中し始めた。


　ケヴィンはあれからずっと悶々としていた。

　エイミーの容態が悪くなって以来、彼女の病室に近づくなと言われてしまったからだ。

　おかげで何もやる気がしない。

　今朝ものろのろと朝食を食べたが、もともと足の怪我以外、ケヴィンは健康な少年なのだ。

　到底じっとしてはいられない。

　ため息をつきながら車椅子を操作して、体育館へ行こうとした時だ。

　ケヴィンは信じられないものを見た。

　車椅子に乗ったエイミーが、こちらへやってくる。

　エイミーの車椅子を押す女の人がケヴィンを見て笑って会釈してきたが、あいにく今のケヴィンにはエイミーしか見えていなかった。

　鼻に何か器具をつけている他は至って元気そうで、エイミーは笑ってケヴィンに話しかけてきた。

「ケヴィン！　あたし、外に出られるようになった。先生の薬が効いたの」

「……すごいや！」

　ケヴィンも車椅子から飛び上がりそうだった。

　エイミーは、鼻の器具から伸びているチューブをちょっと煩わしそうにさわって言う。

「まだこれ、つけてなきゃいけないんだって。でも、歩けるようになったら取っていいんだって。だから、一緒に歩く練習をしてくれないかな……？」

　ちょっと遠慮がちにエイミーは申し出てきたが、女の子にこう言われて奮起しない男の子はいない。

「もちろんだよ！」

　エイミーは嬉しそうに笑った。

「よかった！　あたし、自分で歩いて、お見舞いに来てくれたお兄さんの劇を見に行きたいの。今から頑張れば間に合うって、ベッキーも言ってくれたの。

――ケヴィンも行くでしょう？」

　そんなもの、返事なんか決まっている。

「うん！　一緒に歩いて行こう！」

　そうしてケヴィンはすぐさま行き先を変更した。

　体育館ではなく、リハビリセンターへだ。

　エイミーのお母さんらしき人が言ってくる。

「まあ、ケヴィンは一人で車椅子を動かせるのね。えらいわねえ」

　車椅子を操作しながら、ケヴィンは胸を張った。

「歩くのだって、エイミーよりうまくできるよ」

「あたしだって、負けないんだから」

　病院にしては少々賑やかに話しながら、車椅子の二人は通路を進んでいった。

9

　セム大学の大学祭は大盛況だった。

　普段はちらほらと学生の姿が見えるだけの広大なキャンパスが、今は大勢の人で賑わっている。

　至る所に出店が出て、大道芸も行われている。

　体育館や講堂でも出し物が目白押しだ。

　パーカー教授の専門授業科目班（セミナー）も、無事に舞台の幕を上げていた。

「何やってんだい！　このぼんくら！」

　甲高い声と怒気をつくって『親類の妻』の台詞を叫んだのは女装したチャドである。

　当初は『少年の母』をやるサンドラの一人二役の予定だったが、実際に稽古を始めると、衣裳替えの時間が足らないということがわかったのだ。

　おかげで、真っ白に顔を塗った大柄な女房の登場というわけである。

　もっとも、チャドにとってこの役は『はまり役』だったようで、妙に生き生きと演じていた。

『親類の夫』のブルースが荒々しく続ける。

「だから、あんな餓鬼、放っとけって言ったんだ！面倒事を引き受けてきやがって！」

　根が真面目なブルースは、この夫の悪ぶった声が出せずに相当苦労していた。

　努力家の彼は暴力的な映画を何本も見て勉強し、どうにか荒っぽい雰囲気を出すことに成功している。

『親類の妻』が精一杯甲高い声で叫ぶ。

「仕方がないだろう。誰も引き取り手がいなくて、押しつけられちまったんだから！」

　家の外で『近所の主婦』二人が立ち話をしている。

「あれまあ、かわいそうにねえ……」

「あんなけちん坊の夫婦が、よく親類の子なんかを引き取ったもんだと思ったけどさ……」

「こき使うのが目当てだったってわけだね……」

この主婦たちはマージとサンドラだ。

サンドラはなかなかの芝居気を発揮しているが、マージは生粋のお嬢さまである。ブルースと同様、下町女房の乱暴な言葉使いが苦手のようで、何度も練習していた。今ではかなり様になっている。

「これ、お食べよ」

林檎を受け取った少年は、やつれた顔を輝かせて何度も頭を下げた。

「ありがとうございます……」

感謝の気持ちと裏腹に声には力がなく、足取りもおぼつかない。それが少しもわざとらしくないのだ。『本当に』弱っているように見える少年に、講堂に集まった観客は早くも同情を誘われている。

客席のシェラは凄まじい仏頂面で、自分で自分の二の腕をきつく抱くようにしている。

隣に座ったリィが心配して、そっと声を掛けた。

「……顔が引きつってるぞ」

「……全身が蕁麻疹に襲われそうなんです」

唸るように答えるシェラの反対隣にはルウがいて、その横にライジャが座っている。

リィの反対隣にはヴァンツァーがいる。

ルウとリィでシェラを挟んでいるのは、万が一の時に、シェラを押さえるためだ。

シェラは幕が上がってからずっと、レティシアを睨みつけている。

ただならぬ殺気を放つ銀髪の少年に、黒い天使も困ってしまって、小声で囁いた。

「……そんな怖い顔で観るお芝居じゃないんだから、少し抑えないと。お客さんが変に思うよ」

「無理です」

一言で片付ける。

『マリア』はチェルシーが演じていた。

この役が彼女に割り振られたのは、女学生の中で一番、小柄だからだ。

それでもレティシアと同じくらいの身長である。

普通に並んだら妹には見えないので、最初の登場場面ではチェルシーは意図的に屈み、自分のほうが小さく見えるように演技している。

『パン屋台の男』はギルが演じている。

演技は彼にとって難行のようで、稽古の時は、

「揚げたてパン！　熱々だよ！」

という台詞を言うだけでも四苦八苦していたが、舞台に上がったら開き直ったらしい。

堂々と声を張り上げていた。

二人の客は、急いで着替えたチャドとブルース。

二人ともこの後、『親類の夫婦』に戻らなければならないので、稽古中にぼやいていた。

「芝居より着替えのほうがたいへんだよな」

マージとサンドラもこの意見に同意した。

「わたしたちも着替える練習をしないと」

「服だけじゃないわよ。こっちは化粧も替えなきゃならないんだから」

主役のレティシアも最後に衣裳替えがある。

一度も着替えないのはチェルシーだけだ。

レティシアが少年役に苦労したのと同様、彼女もマリア役に手こずっていた。

日頃のチェルシーの様子からもわかることだが、彼女は両親に愛情を注がれて育った健康な女性だ。

マリアのような境遇は想像もできないらしい。

「演技って難しいね！」

稽古中、レティシア相手に愚痴をこぼし、脚本を見直して嘆いていた。

「引き取られた親戚に虐待されて寒さとひもじさに震える女の子って、あたしには向いてないよ」

「俺ほどじゃねえって」

釣られる形でレティシアはぼやいた。

「逆境にひたすら耐える、健気で純真な少年だぜ。どう考えても、俺の柄じゃねえよ」

チェルシーは真顔で頷いた。

「それはわかる。レットは見た目は小柄で華奢だし、弱そうに見えるけど、なんて言うか……」

チェルシーは年下の同級生を見つめて、少し考え、迷いながら言葉を発した。

「……つかみ所がない感じがするよね」

レティシアは小さく吹き出した。

「地味で特徴がないって意味かな？」

「違うよ」

チェルシーはあくまで真顔で否定した。

「うちは田舎(いなか)で、小さい頃から男の子と野山を走り回って遊んでたんだけど、田舎の男子と比較したらいけないのかもだけど、あの子たちとレットが同じ男の子だとは思えないってことだよ」

「悪(わり)い。ますますわかんねえや」

「見た目どおりじゃないっていうのが一番近いかな。あたしの知ってる男の子って、良くも悪くも単純で、考えていることが丸わかりなんだけど……」

「うちの班の連中もか？」

「それはまた話が別。もう子どもじゃないんだから、さすがにそこまで単純じゃないけど」

曖昧に笑ってごまかして、チェルシーは続けた。

「別に男の子に限ったことじゃないけど、初対面の人ならともかく、知り合って時間が経ってくると、その人がどんな人間なのか、だいたいわかってくるじゃない。『この人、この話題には興味ないんだな。そうか、こういうのが好きなんだ』って。クリフはスポーツが好き。ギルは古典音楽(クラシック)が好き。マージは男の子の話題には興味がない。ブルースは真面目で、サンディはおしゃれが好き。そのくらい誰が見てもわかるでしょ」

「ああ、それを言うなら、チャドは意外と見た目に気を遣ってるよな」

「そう！　彼、肌の手入れにすごく熱心なんだよね。化粧品にも詳しいんだよ」

チェルシーは頷いて続けた。

「チャンプはあの勢いのせいで、そういうところがよくわからないんだけど……レットはもっとわかりにくいよね」

「そうかあ？　単純だと思うぜ」

レティシアは戯けて両肩をすくめてみせた。

「とりあえず単位は落としたくない」

「それはみんな一緒だって」

チェルシーは笑って稽古に戻った。

向いていないと言いつつ、足取りから気をつけて、弱々しい少女をうまく演じている。

レティシアの演技はそれ以上に巧みだった。

特に寒さに凍える場面、飢えに耐えかねて思わずパンを食べそうになる場面は真に迫っていた。

それは彼が実際に経験していることだからだ。

再現するのは難しくない。

問題は一にも二にも、この芝居の最高潮、少年がマリアを見捨てなかった場面である。

少女を抱きしめて、寒さに震えている少年の前に、失ったはずの家族が現れる。

『母親』はサンドラ、『妹』はマージ、『父親』はチャンプが演じている。

この時の家族は悪役感を出すために下品で派手な服装をして、意地悪な雰囲気を醸し出しているが、少年はそれには気づかない。

ただひたすら、懐かしさと、信じられないものを見る感動の入り交じった眼差しを家族に向けるのだ。

この時の少年がどんな心境だったのか、どれだけ考えてもレティシアにはわからない。

そもそもレティシアは『死にたくない』と思った記憶がない。そんな感情を抱えていたら刺客という『仕事』はできない。

他者の命を奪うのに、自分の命は大事だなんて、そんな都合のいい話はないからだ。

だからといって、いつ死んでもかまわないという捨て鉢な態度でもやっていけない。

この辺の微妙な均衡をどう表現すればいいのか、悩むところだが、レティシア自身は、

『（仕事を完遂せずに）死んではならない』

という感情で自らを律していたと思う。

ランディとベアテとの鼎談(ていだん)はとても参考になった。

少年の行動は理屈ではない。損得でもない。

無論、自殺でもない。

ただ、追い詰められた弱い者が懸命に振り絞った勇気なのだと解釈した。

最後の悲痛な叫びというのも困難の極みだったが、実は弱いふりならレティシアは得意である。

そこに『弱者としての決意』を載せるのが非常に苦労するところだが、チェルシーを抱きしめながら、今にも泣き出しそうな声を何とか発した。

「だめだよ!」

舞台が暗転すると、演者たちは素早く動いた。

レティシアは書割(かきわり)の裏で、小綺麗(こぎれい)な白い衣裳に着替え、雪に見立てた綿を被って再び横になる。

下手に引っ込んだサンドラも大急ぎで衣裳を替え、派手な帽子をもぎ取った。真っ赤な口紅と濃い紫のアイシャドウをぬぐって、白粉(おしろい)を塗り直し、地味な色の口紅を塗る。マージも同様に、派手な髪飾りを取り、衣裳を替えた後で白い帽子をかぶる。

チャンプは外套を替えるだけでいいので楽だ。

『マリアの祖父』はクリフが演じている。

彼は力持ちなので軽々とチェルシーを抱き上げて、上手へ駆けていった。

そして大詰めである。

白い衣裳の少年は輝くような笑顔で立ち上がった。

迎えにきた家族に向ける彼の眼差しには心からの愛情と幸福感があふれている。

「父さん、母さん、ジェニー……」

聞いているだけで切なくなるような声だった。

客席には涙ぐむ人もいたが、シェラの拒否反応は限界に達しようとしている。両脇のリィとルウが、そっと彼の肩を押さえたくらいだ。

(危ないなあ……)

(これが本当の『混ぜるな危険』だよね……)

銀の天使とあの元刺客はとことん相性が悪いのだ。

舞台の上では、少年が本物の家族と感動の再会を果たして固く抱き合い、大きな拍手がわき起こった。

その拍手の中で幕が下りる。

観客の反応は上々のようなので、班の皆は大きな安堵の息を洩らしていた。

解放感溢れる笑顔で、楽屋へ戻る。

「終わったあ！」

「何とかなったんじゃない？」

「体育館の演目を見にいかなきゃ！」

着替えを済ませ、後片付けも終えた皆はそれぞれ大学祭を楽しみに飛び出していった。

レティシアも同様で、ようやく肩の荷を下ろして楽屋口から外に出る。

空は気持ちよく晴れていた。

ちょうど講堂から出てきたケヴィンとエイミーを見かけて、明るい声を掛ける。

「よう。二人とも」

「お兄ちゃん！　こんにちは！」

エイミーは元気よく挨拶してくれた。

前に見た時とは別人のような明るい顔だった。

まだ補助器を使っての歩行だったが、自由に外を出歩けることが嬉しくて仕方がないらしい。

ケヴィンは無言で、ぺこんと頭を下げてきた。

こちらは補助器も使わずに自分の足で歩いている。

二人とも、母親らしい女性と一緒だった。

レティシアは二人の保護者に笑顔で挨拶した。

「レットです。病院でお子さんたちと知り合って、うちの班長が——父親役の男ですけど、ケヴィンに今の舞台を見てほしがってたんですよ」

母親たち——特にケヴィンの母親はレティシアに非常に感謝しているようで、笑顔で礼を言ってきた。

「うちの子、このお芝居を歩いて見に行くんだって、急に熱心になったんですよ。それまで何度言っても、リハビリから逃げ回ってたのに。本当にありがとうございました」

エイミーの母親も眼を細めている。

「本当に、こんな日が来るなんて……」

その笑顔に少し陰があるのは、恐らくシュミット教授の事故が心に刺さった棘になっているのだろう。

娘の薬のために無理をされたのでは、そのせいで疲労のあまりあんなことになったのでは——と気に病んでいるのかもしれなかった。

しかし、娘の前でそれを口に出したりはしない。

レティシアはことさら明るい口調で、エイミーに問いかけた。

「俺たちの劇、どうだった？」

すると、エイミーはちょっと困った顔になった。

「あのね、男の子がかわいそうだった……」

レティシアは逆に破顔した。

「かわいそうに見えたかい？」

「うん」

「はっはあ。そりゃあいいや。ありがとうな」

子どもたちと離れた後、派手な一行と合流する。

ルウとリィは笑顔でレティシアの熱演を誉めた。

「お疲れさま」

「よくやってたんじゃないか。あれなら、班長にも及第がもらえただろう」

レティシアは肩をすくめた。

「ほんと。一苦労だったぜ。——前の仕事のほうがよっぽど楽だよ」

シェラは苦虫を嚙み潰したような顔である。

ルウが笑いながらライジャに尋ねた。

「どうだった？　彼のお芝居」

ライジャは微妙な顔になった。彼は宗教の戒律で、嘘は言えない。しばらく沈黙して、言葉を探した。

「頑張って、おられたと思う」

レティシアは苦笑した。

「気ぃ遣ってくれてんのかな？」

ヴァンツァーが無表情で言った。

「正しい評価だろう。俺もおまえにしては最大限に頑張っていたと思う」

ルウが真顔で頷いた。

「言えてる。ぼくもちょっと驚いた。猛毒の大蛇が、生まれたての小さな蛇くらいに見えたもん」

リィも励ますように言ってくる。

「おれもそう思う。お世辞じゃないぞ。シェラが棘全開のヤマアラシみたいになってたからな」

「はあ？」

レティシアは首を傾げた。

当のシェラは苦い顔である。

「当然でしょう。気色悪いにも程がありました」

リィは熱心に頷いている。

「だろう？　シェラがそれだけ拒否反応を示すってことは、要するに、全然いつものレティーらしくはなかったってことだよ」

「わたしを物差しにしないでください！」

しかし、ライジャが真顔で頷いたのだ。

「いや、離れた席のわたしにもあなたの妖気が感じ取れたほどだ。率直に申し上げて、はらはらした」

「ライジャまで……！」

シェラは大いに嘆き、レティシアは、がっくりと肩を落としている。

「はいはい、ありがとうよ」

投げやりに言って視線を巡らせた時、チャンプの姿が見えた。

彼も笑顔で、片手を上げて、自分がここにいると誰かに示している。近づいてきたのは中年の男女と、高校生くらいの少年、中学生くらいの少女だった。

あれがチャンプの家族だろう。

少年と少女は何やら熱心にチャンプに話しかけて、男女二人はその様子を微笑ましげに見守っている。

チャンプ一人だけが実の家族ではないというが、とてもそんなふうには見えなかった。

彼らがいるのは通路と広場の中間くらいの開けた敷地で、飲食の出店もたくさん出ている。人通りも多いが、立ち話をする人の姿もそこかしこにある。

本当に何気なく一家の姿を見ていたレティシアは、妙に真剣な眼差しを一家に送る人物に気がついた。

六十年配の男だった。

髪も顎髭（あごひげ）も半ば白くなっているが、がっしりした体格で、身なりも整っている。

一家のほうへ視線を移すと、少年と少女が両親と兄に手を振って、離れていくところだった。

それを見届けて老紳士が動いた。

その場に残ったチャンプと彼の両親のほうへと、まっすぐ歩いていく。

興味を惹（ひ）かれたレティシアも、人混みに紛れて、チャンプたちのほうへ近づいていった。

「兄さん。悪役のほうが似合ってたよ」

弟のウィリーが真顔で身も蓋もない感想を言えば、妹のメロディは不満そうに唇を尖（とが）らせている。

「お兄ちゃんが主役ならよかったのに」

チャンプは楽しげに笑った。

「俺のこの体格では少年は無理だ。どう頑張ってもかわいそうには見えないからな」

父のセオドアが苦笑しながら言う。

「主役の子はずいぶん小柄だったな」

母のブライズも同意する。

「少年役がぴったりだったわ」

メロディとウィリーも同様の感想を抱いたらしい。

「あたしとあんまり変わらないように見えた」

「本当に大学生？」

チャンプは笑って言った。

「おう。彼は優秀なんだぞ。彼だけじゃない。今の研究班はみんな最高だ」

「お兄ちゃん。あとは自由行動なんでしょ。さっき、迷路があったの。あれやってみたい！」

「手品がいいよ。科学実験もおもしろそうだった。行こうよ、兄さん」

ウィリーもメロディも兄のチャンプが大好きで、一緒に学園祭を回りたがっているのがよくわかる。

セオドアが子どもたちに話しかけた。

「二人とも。先に行ってくれるかな。ジョンと少し話があるんだ」

ブライズも笑顔で二人に声を掛ける。

「いってらっしゃい。あとで合流しましょう」

弟のほうが物わかりがよかった。妹を促した。

「――メロディ、行こう」

「あたし、アイスクリーム食べたい」

長女の興味は既にお菓子にあるらしい。

二人が人混みに紛れて離れていくと、セオドアは妙に真剣な顔で長男に話しかけた。

「ジョン。おまえに会いたいという人がいるんだ」

ブライズも何だか複雑な表情をしている。

「大きくなったあなたを一目見たいとおっしゃって、わたしたちの一存で、ここに来てもらったの」

チャンプは不思議そうに両親を見た。

両親の視線の先を追うと、まさにこちらへやってくる男性と眼が合った。

六十年配ながら、身体つきも足取りも若々しい。

控えめに両親に会釈した男性は、何とも言えない眼差しをチャンプに向けてきた。

「ジョンくん……。大きくなったね」

「あなたは？」

「マイク・エアハートだ。十七年前、《ダチェス・マリーナ》号の一等航宙士だった」

チャンプは真顔になってエアハート氏を見た。

その船のことは記憶に残っていなくても、名前を忘れたことはない。

実の両親と妹と一緒に宇宙に散った船。

チャンプが最後の爆発を見届けた船だった。

「あの事故を体験されたんですね」

「そうだよ。覚えていないかな？　きみを避難艇に乗せたのはわたしなんだ」

「えっ？」

チャンプは驚いて問い返した。

「あなたが乗せた？」

セオドアとブライズも顔色を変えている。

「エアハートさん。本当ですか」

「その話は初めて聞きます」

迫られたエアハート氏も戸惑っている。

「これは失礼。わたしの記憶違いかな。お話ししたものとばかり……」

氏も両親も、用を済ませたらすぐにお開きにするつもりだったらしいが、そうもいかなくなった。

どこか静かなところで話を——と周囲を見渡すも、ここは野天だし、今日はお祭りである。

賑やかでない場所を探すほうが難しい。

立ち尽くす四人に元気のいい声が掛けられた。

「レモネードはいかがですか！」

献立表（メニュー）を持った女学生が笑顔で話しかけてくる。

「今ならお席が空いてます。どうぞ！」

決断したのはチャンプだった。

「そうだな。ちょうど喉が渇（かわ）いていたんだ。父さん、母さん。エアハートさんも行きましょう」

女学生が案内した出店は広場の片隅にあった。

しかも、人の流れから完全に切り離された木陰になっているので、広場からは見えにくい。

この立地では黙って待っているだけでは、お客は来てくれないので、呼び込みを頑張っているわけだ。

その努力の結果、いくつか並べられた四人掛けの円卓の半分ほどが、お客で埋まっている。

献立表（メニュー）を見ると、レモネードの他にも軽い酒類もあったが、大人たちは深刻な表情だし、チャンプは疑問と好奇心の眼差しをエアハート氏に向けている。

真顔の四人と、プラスチックの容器に入った炭酸飲料はかなり不適当（ミスマッチ）だったが、致し方ない。

セオドアが申し訳なさそうに言ったものだ。

「すみません。エアハートさん。こんなことなら、きちんとした席を設けるべきでした」

ブライズも弁解する。

「わたしたちもお話を伺（うかが）いたかったものですから。それに、下の子たちはまだ知らないので……」

「そうでしたか……」

エアハート氏は頷き、しばらく沈黙した後、重い口を開いた。

「あれは、ひどい事故でした」

　当時を覚えているセオドアとブライズも頷いた。

　セオドアが氏に気を遣うように言う。

「当時わたしたちは、あの事故は人為的過誤によるものではないと説明を受けました。それで納得しているつもりです」

　ブライズも控えめに言葉を添えた。

「防ぎようのない事故だったと伺いました」

　エアハート氏は重苦しい顔で頷いた。

「おっしゃるとおりです。《ダチェス・マリーナ》号は当時最高水準の探知機と盾を備え、最新型の感応頭脳と推進機関を搭載した船でした。宇宙船事故の確率は年々低くなっていますが、当時でも安全性は極めて高かった」

　セオドアが慎重な口調で問いかける。

「確か、強い磁気嵐の影響で、探知機が正常に働かなかったと聞きましたが……」

　エアハート氏は苦渋の表情を浮かべて首を振った。

「それでも通常の隕石なら探知できました。余裕を持って回避することもできたでしょう。調査の結果、あの隕石群は、不可解な理由で、宇宙空間に突然、出現したものだと結論が出ています。——事故後にそれを知った時は、神というものが存在するなら、なぜこんな狙い撃ちをするのかと恨みました」

　そのくらい、天文学的に低い確率の不運と偶然が重なった事故だったのだ。

「事故が発生した時、わたしは当直明けで仮眠室にいました。突如として警報が鳴り響き、感応頭脳の警告が船内一斉放送で続いたのです。『乗員乗客はただちに避難艇に向かってください』と。——正直、耳を疑いました」

　それは船体の安全を維持できないと判断した感応頭脳が発する最終警告だったからだ。

　船橋の船員ではなく、感応頭脳が警告している。

　それが何を意味するか、航宙士のエアハート氏は知り尽くしていた。

「船橋（ブリッジ）が既に機能していないことは明らかでした。――これも後に知ったことですが、隕石群は船橋（ブリッジ）を直撃したのです。当時のわたしには、いったい何が起きたのか知る由（よし）もありません。ただ、訓練どおり、仮眠室から一番近い避難艇に走りました。乗客にも説明したことですが、この警告が出た場合、荷物を取りに船室に戻ったり、家族や友人と待ち合わせたりすることは厳禁です。最優先で避難艇に急がなくてはなりません。その間にも、あちこちで爆発音が聞こえました」

　チャンピオン一家は固唾（かたず）を呑んでエアハート氏の話に耳を傾けている。

「避難艇には既に何人かが乗っていました。乗客の一人が恐慌状態に陥って、『早く船を出せよ！』と叫んでいましたが、艇（てい）の感応頭脳は『まだ避難する人が残っています』と諭していました。これは豪華（ごうか）客船の避難艇ならではの仕様ですが、言い換えれば船の最後までまだ少しは時間があるということです。わたしは搭乗口に立ち、ぎりぎりまで避難してくる人を迎えるつもりでした。すると、夫婦らしき若い男女が通路を走ってくるのが見えました」

　氏は机の上で両手を固く握り合わせている。

「二人とも片腕に子どもを抱き、片手は互いの手をしっかり握っていました。わたしは『急いで！』と声を掛け、二人を迎えようと飛び出しました。その時、激しい爆発が起きて船体が大きく揺れたのです。わたしも男性も体勢を崩し、女性は立っていられず、通路に倒れ込みました。倒れながらも、赤ちゃんをしっかり抱えて、赤ちゃんが傷つかないよう守っていたと思います。男性は妻を助けようとしましたが、女性は夫に、『ジョンを！』と叫んだのです」

　セオドアとブライズが息を呑む。

　エアハート氏はおもむろに頷いた。

「ジョンを先に、という意味だったのだと思います。二人からも、わたしの姿が見えていたはずですから。男性はいったん妻から離れ、避難艇へと走ってきて、そこで鉢合わせる形になったわたしに子どもを託し、『頼みます！』と言って、妻と赤ちゃんの元へ駆け戻っていきました。わたしは一瞬、迷いましたが、まずはこの子を避難艇に収容するのが先だと判断し、搭乗口へ走りました。子どもを艇内に避難させたら、自分もすぐに戻ろうと。ところが、艇に飛び込んだわたしの背後で搭乗口の扉が閉まったのです」

セオドアにもブライズにもチャンプにも声がない。

エアハート氏にとっても、それは思い出したくもない辛い記憶に違いなかった。

沈鬱な表情でその後を語る。

「――呆気にとられて振り返るのと『新たな爆発を感知しました』という感応頭脳の声が同時でした。窓の向こうの爆発は男女と赤ちゃんの姿を呑み込み、視界が真っ赤に染まる中、艇は発進しました……」

チャンプは静かに言った。

「その爆発は覚えています……」

固く握った氏の指先が細かく震えている。

「わたしは感応頭脳に『艇を止めろ！』と、戻れと命令しましたが、拒否されました。言うまでもなく、感応頭脳は人命を優先するよう設計されていますが、避難艇の感応頭脳に限っては少々、事情が違います。その性質上、緊急避難に最優先順位が置かれており、艇内に収容している人員に危険が及ぶと判断される場合、避難艇の感応頭脳は――外の人間を拒絶することもやむなしと設定されているのです」

氏は顔を上げて、チャンプをまっすぐ見つめると、己の真情を吐露したのである。

「この十七年、わたしはずっと悪夢に苛まれていた。あの人たちを眼の前にしながら助けられなかった、無力だった自分をどれだけ悔やんだかわからない。一時は船を下りようとすら考えたが、そんな中で、唯一の救いは、『あの子だけは助かった』『あの子だけは助けることができたんだ』そう言い聞かせることで自らを奮い立たせてきたのだよ……」

チャンプは深いため息とともに首を振った。

「俺は今まで、自分は家族を見捨てて一人で逃げた卑怯者(ひきょうもの)だと思っていました。一人だけ、おめおめと生き残ってしまって、家族に申し訳ないとも」

「それは違う」

エアハート氏が驚いて否定する。

「きみのご両親は立派な方だった。最後まで互いを思いやり、子どもたちを——きみを愛していた」

チャンプは再び、首を振った。

「俺には実の両親の記憶はありません。ただ、あの爆発だけが——あの時振り返ったことだけが、俺と実の両親をつなぐものでした。子どもの記憶はいい加減なものですね。自分の足で避難艇まで走ったと思い込んでいたんですが……」

チャンプは青い眼で、自分の正面に座る男性を、同じくまっすぐ見つめて言った。

「あなたが助けてくれたんですね」

今度はエアハート氏が首を振る。

「わたしではないよ」

「わかります」

チャンプは頷いた。その彼の顔に何とも言えない微笑が広がった。

「父と母が、俺を生かしてくれたんですね」

エアハート氏も微笑を浮かべて頷き、あらためて、セオドアとブライズに話しかけた。

「わたしは来週、調査船《ネオフロンティア》号の船長として、Ω(オメガ)パウロ第三星系へ出航します」

二人の顔色が変わる。

「エアハートさん」

「それは……」

「そうです。《ダチェス・マリーナ》号の遭難現場です。無論、あそこには墓標が立っているわけでも、慰霊碑(いれいひ)があるわけでもありません。ただ宇宙空間が広がっているだけですが、それでも、過去にそこで何があったのか、忘れることはできません。出航を控えた今、ジョンくんに一目会って、ジョンくんの成長した姿をご両親に報告したかったのです」

無理を聞いてくださってありがとうございますと氏は続けて、席を立った。

チャンプもすかさず立ち上がり、右手を差し出し、力強く言ったのである。

「航海の無事を祈ります。キャプテン・エアハート。今日は来てくださってありがとうございました」

エアハート氏も笑顔で、差し出された手を握った。

「こちらこそ、会えてよかった。今のきみを見たら、ご両親もさぞかし喜ばれることだろう」

セオドアとブライズも立ち上がり、氏に一礼した。氏も丁寧に礼を返し、一家に背を向けて、雑踏の中へと紛れていったのである。

立ち上がった一家はその背中が見えなくなるまで見送って、また腰を下ろした。

セオドアとブライズが同時に携帯端末を取り出し、無言で画面に見入る。

何を見ているかは訊かなくてもわかった。

「——俺の端末に送ってくれる？」

息子の頼みに父は驚いて顔を上げ、すぐに笑って頷いた。

「いいとも」

チャンプは今の家族の写真は端末に入れているが、実の家族の写真を持ち歩くことはなかった。

覚えていない人たちだったからだ。

送られてきた写真は笑顔で写る若い男女、二人に抱かれた小さな男の子と赤ちゃんの女の子。

船に乗る直前に撮った写真だと、父から聞いた。

前に見せられた時には、何の感慨も抱けなかった写真だった。

今は違う。今まで何も感じなかったのが不思議なくらい、封じられていた記憶が一気に、色鮮やかに、チャンプの脳裏に蘇（よみがえ）ってくる。

写真を眺めながら、チャンプはほとんど無意識に言葉を発していた。

「船の中で、ルーシーが初めて立ったんだ」

そうだ。妹の名前はルーシーだった。

そんなことすら忘れていた。

両親が驚いて問い返してくる。

「本当に？」

「初めて聞いたわ」

「うん。今まで忘れてた。パパもママも大喜びで、すごく興奮してた。『立った！』『すごい！』って。何がそんなにすごいのかわからなくて、それじゃあ歩こうって言ったら、まだ無理だって言われた」

チャンプは泣き笑いの顔で今の両親を見た。

「ルーシーは両足を踏ん張って立って、ものすごく得意そうな顔をして、俺を見てたよ。赤ちゃんでもあんなに得意満面って感じになるんだね」

記憶とともに、言葉が次々にあふれ出てくる。

「あの船には遊べる楽しいところがたくさんあって、ずっとここにいたい、帰りたくないって言ったんだ。そうしたらパパは『それじゃあ来年も乗ろう』って。ママも『ルーシーが初めて立った船だものね』って。じゃあ、ぼくが初めて立ったのはどこって訊いたら、家だって。つまんないのって思った」

思い出に引きずられて口調が幼くなっている。

初めて知った、実の父と母の最後の言葉。

（……ジョンを！）

（……頼みます！）

二人のおかげで自分は今こうして生きている。

実の両親は奇跡を起こしたのだ。

代わりに、自分たちは帰れなかった。

急に押し黙って写真を見つめるチャンプの手を、ブライズがしっかりと握った。

驚いてそちらを見ると、母は恐ろしく真剣な顔でチャンプを見つめていた。

「あなたのために犠牲になったんじゃない」

「…………」

「カレンもビルも、あなたを愛していたのよ」

セオドアも頷いて言う。

「あくまで仮定の話だが——ビルが抱いていたのがルーシーだったら、おまえは今ここにはいなかった。

おまえが助かったのも、ビルとカレン、ルーシーが今ここにいないのも――誰のせいでもないんだぞ」

「うん……」

頷きながらも、今はまだ父の言葉に心からの納得はできない。

それでも、実の家族に抱く感情は、昨日までとは全然違っているのは確かだった。

チャンプは再び、昔の家族の写真を見た。

まだ幼い自分と、もっと小さなあどけない妹。

今の自分と数年しか年齢の違わない若い父と母。

「ずっと思い出せなくて、ごめんね……」

亡くしてしまった人たちを悼む声だった。

同時に力強い声でもあった。

「もう二度と、忘れないよ」

己に誓うように断言して、携帯端末を閉じると、チャンプは両親に笑いかけた。

「音楽堂でコンサートがあるんだ。――行かないと。父さんたちはどうする？」

「わたしたちは少し休んでいくよ」

「今夜はみんなで食事にしましょう。レストランを予約してあるのよ」

「わかった」

答えて、チャンプは席を立ち、大勢の人で賑わう広場へと足を進めたのである。

そんなチャンプの背後から近づいたレティシアは、あっさりと声を掛けた。

「よう」

チャンプは歩みを止めずにレティシアを見下ろし、笑顔で尋ねた。

「聞いていたのか？」

レティシアも歩きながら、笑って返した。

「俺も喉、渇いてたんだよ」

「どこにいたんだ？」

「チャンプの真後ろに座ってたぜ」

「全然気づかなかった。盗み聞きとは趣味が悪い」

「聞こえちまっただけだって」

「それをなぜわざわざ申告するんだ？」

実のところ、レティシア自身、それが謎だった。

いつもの彼なら――と言うより、今までの彼なら、ここでチャンプに声を掛けたりしなかっただろう。

気配を消すことなど朝飯前のレティシアである。

気づかれない自信はあったし、事実、チャンプはレティシアの存在に気づいていなかったという。

それでいて平然と、

「聞いていたのか？」

と尋ねてくる。

「趣味が悪い」

と言いながら、顔は笑っている。

妙なやつだと、あらためて思った。

声を掛けたのは、そのせいもあるかもしれない。

どうやら自分はこの年上の同級生に興味を持っているらしい。そんな自分が我ながら不思議だったが、悪い気分ではなかった。

「黙ってるのは公平（フェア）じゃないと思ったんでな」

「妙なところで律儀だな」

「筋は通したい性分なんだよ。――コンサートって、マージが言ってたヴァイオリンの天才か？」

「ああ。話の種（たね）に聞いておこうと思う」

「今から行っても、席が取れんの？」

「マージが班全員分の席を確保しているそうだ」

「んじゃ、俺もつきあうわ」

10

音楽堂は五百人を収容可能な立派な建物だった。

今日の公演は慈善事業なので、無料だという。

大混雑になるかと思いきや、いっさい宣伝をしていなかったこともあって、超満員程度で済んでいた。

正式な演奏会ではないので、立ち見（立ち聞き）も出ている。その中に金銀黒天使とヴァンツァー、ライジャもいた。

意外にも、言い出したのはヴァンツァーである。

「レオン・ヴォルフの名は俺でも知っている」

レティシアからこの公演のことを聞いて、興味を持ったらしい。

「まだ二十歳そこそこの若さで、当代随一と評判の弦の弾き手だ。百年に一人の名演奏家とも評されているからな。生演奏を聴ける機会を逃す手はない」

ルウも音楽は嫌いではない。

「それじゃあ、行ってみようかな」

リィはちょっと懐疑的だった。

「ヴァイオリンの音って、ちょっと苦手なんだよな。あの『ギイッ』て音が神経に障る感じでさ……」

ヴァンツァーが一言で片付ける。

「それは弾き手が未熟だからだ」

ルウもヴァンツァーに味方した。

「百年に一人の天才さんでしょ？　さすがにそんな下手な演奏はしないと思うよ」

ライジャも同意した。

「トゥルークの僧院でも音曲の占める位置は大きい。参考にさせていただこう」

「じゃあ、行ってみるか」

リィがこう言うので、シェラも同行した。

彼らが音楽堂に行った時には既に満席だったので、会場の後ろの通路で立ったままの鑑賞となった。

女性に触れられたくないライジャは、建物の角にぴったり嵌まるように立ち、その前にリィとルウが防波堤として立ちはだかっている。

やがて時間になり、大きな拍手とともにレオン・ヴォルフが壇上に登場した。ひょろりと背の高い、骨ばった身体つきの青年だった。

頭髪はまるで鳥の巣のようにもじゃもじゃとして、前髪が異様に長く、顔の上半分がほとんど見えない。

服装も独特だった。黒シャツと黒ズボン、黒の運動靴という、黒ずくめの実用的な出で立ちである。

正式な演奏会なら正装するのが普通だが、大学の慈善興行とあって普段着で登場したのかもしれない。

あまりに異様なこの出で立ちに、客席がちょっとざわついた。

だが、彼がヴァイオリンを構えて弾き始めると、そのざわめきはたちまち賞賛に変わったのである。

リィが懸念した耳障りな音などいっさい入らない。

彼が操る弦と、そこから紡ぎ出される音は濃厚にして大胆、かつ華麗で繊細だった。

正確無比とはまさにこのことだろうと誰もが唸る、素晴らしい演奏だった。

聴衆は皆、ただひたすらレオンの技巧に聴き入り、一曲を弾き終えるたびに大きな拍手がわき起こる。

選曲も多彩だった。誰もが知る古典音楽の旋律が奏でられたかと思えば、有名な映画音楽、さらには最近流行の歌謡曲まで多岐に亘っている。

レオンはそれらの曲調を完璧に『自分のもの』にしていた。他の人が奏でたのではこうはならないと、聴衆にもはっきりとわかる音だった。

およそ四十分間の公演だったが、時が過ぎるのはあっという間だった。

最後の曲を弾き終えて、レオンが客席に向かって一礼した時、聴衆は、

(もうそんなに時間が経ったのか)

と驚いたくらいである。

もっと聴きたいという熱意とともに総立ちになり、

惜しみない拍手で彼の演奏を讃えた。

ヴァンツァーも例外ではない。

これは見事だと、噂に違わぬ才能だと感心した。

いいものを聴かせてもらったと心から満足したが、ふと連れに眼をやって、違和感を覚えた。

金銀黒天使もトゥルークの僧侶も拍手しているが、何やら首を捻っているような印象を受ける。

公演が終了したので、彼らは大勢の観客に紛れて音楽堂を後にしたわけだが、ゆっくりと歩きながら、ライジャが慎重な口調で言った。

「お上手だったな」

ルウも頷いて、平坦な調子で応える。

「そうだね。さすが天才って感じだね」

ますます変だった。明らかにこの二人らしくない。奥歯に物が挟まっているようである。

気になったヴァンツァーは足を止めて尋ねた。

「何だ?」

すると、リィがはっきりと言った。

「確かに上手だったよ。耳障りな音もしなかったし。けどなあ、百年に一人の天才って言われると……」

シェラまで、この意見に頷いている。

「いささか疑問だと言わざるを得ません」

ヴァンツァーは怪訝な顔になった。

今の演奏が常人を遥かに凌駕した水準だったのは疑う余地がないからだ。それが感じ取れないほど、情緒に欠ける連中ではないはずである。

「理解に苦しむな。俺は著名な弦の弾き手を何人も配信で聴いているが、間違いなく当代一だぞ」

ルウがちょっと慌てて言ってくる。

「それはわかってるよ。わかってるんだけど……」

リィが言った。

「今の人の才能は否定しないよ。ただ、おれたちはあれ以上の演奏を知ってるってことだよ」

ヴァンツァーは耳を疑った。

そんな天才がどこにいるのかと思った。

少なくとも、自分には心当たりがない。

立ち話をしていた彼らを見つけて、レティシアが声を掛けてきた。

「よう」

一緒にいた男がリィたちに笑いかけてくる。

「やあ、美少年！　美青年も一緒だな！」

その視線が初めて見る顔に移動する。

ヴァンツァーは、顔は知っていたものの、初めて会う相手に自分から名乗った。

「ヴァンツァー・ファロットだ」

相手も笑顔で名乗った。

「ジョン・チャンピオンだ。きみのことは後輩から聞いている。プライツィヒ始まって以来の秀才だと。俺も先輩として鼻が高い」

もう一人、ライジャも名乗った。

「ライジャ・ストーク・サリザンと申す」

異様な風体をチャンプは青い眼を見張って見つめ、不思議そうに尋ねてきた。

「――大学祭だから、仮装しているのかな？」

「いや。わたしはトゥルークの僧侶なので、これは僧侶の装束（しょうぞく）だ」

「それは失礼した」

律儀に頭を下げて、チャンプは一同に言った。

「この後、第一体育館でロッドの公開競技（エキシビション）をやる。よかったら見ていってくれ」

リィが尋ねる。

「ジョンも出場するの？」

レティシアが言った。

「今はチャンプ。そう呼んでやってくれ」

本人も笑って言う。

「昔から家族以外にはチャンプと呼ばれていたんだ。同じ名前が多すぎるからな。――それじゃ！」

チャンプは急ぎ足で第一体育館に向かい、一同、微笑ましげに見送った。

「忙しい人だね」

「せっかくだから、行ってみようか？」

レティシアが時計を確認して言う。

「まだちょっとは時間あるはずだぜ」

チャンプ本人は、演舞の衣裳に着替えたりなどの準備があるので急いでいたのだろう。

一同は第一体育館へ向かってぶらぶら歩き出した。

そんな彼らと並ぶようにして、近くを歩いていた女性二人の会話が、自然と耳に入ってくる。

「レオンの演奏、素晴らしかったわねえ！」

「彼こそ正真正銘の天才よ！　次の演奏会はいつ、どこで開催されるのかしら」

「あら、知らない？　課外活動芸能祭よ」

「えっ⁉　嘘でしょう」

情報を披露した女性は得意そうに続けている。

「いいえ、本当よ。今日も慈善興行だったでしょう。レオンは慈善活動に熱心なのよ」

「それはぜひとも行かないと。今年は確か、カイ・コンベンションセンターだったわよね」

もう一人の女性は独り言のように言う。

「演奏会のできる大きなホールがいくつもあるから。どこでやるのかしら？」

「それが、会場は決まっていないんですって」

「どういうこと？」

「芸能祭も今日の大学祭みたいなお祭りでしょう。さっきも大道芸の人たちがいたじゃない」

「まさか、レオンが屋外演奏をするっていうの？」

「屋外だけじゃないらしいわ。あなたの言う大きなホールでもサプライズで演奏をするみたいなのよ」

「あらまあ。あんなに広いセンターのどこへ行けばレオンに会えるのかわからないの？　困るわねえ」

「そこは会えたら幸運（ラッキー）くらいに思いましょうよ」

「そうね。ああいう賑やかなところは、あまり気が進まないんだけど、それなら行かなくちゃね」

金銀黒天使は意識的に女性たちと歩調を合わせて、これらの会話をすっかり聞き取ってしまった。

ルウが何か思いついたように言う。

「そうか。あれって、飛び入り参加でもいいんだ」

リィが指摘する。

「課外活動をやっているのが参加条件だろう？」

「客出演（ゲスト）っていう手もあるよ。ぼくたちの活動に参加してもらう形にすればいいんじゃない？」

シェラがちょっと心配そうに言う。

「ですけど、可能なんでしょうか？」

レティシアが怪訝そうに元同僚を見た。

「――何話してるんだ？」

「俺もそれが知りたい」

ヴァンツァーにも意味不明な会話である。

ルウはライジャを見て、笑顔で言った。

「伝言頼まれてくれるかな？　アドレイヤさんに」

アドレイヤ・サリース・ゴオランは、ライジャの師匠（ししょう）にして、惑星トゥルークの高僧である。

ライジャは何とも言えない顔だった。

刺青（しせい）の刻まれた顔に浮かんでいるのは、珍しくも恐怖の表情に見えた。

「わたしの懸念ならよいのだが、何かとてつもなく……よからぬことをお考えではないか？」

「そんなことないよ」

ルウは笑って言ったのである。

「正真正銘の『百年に一人の天才』が他にちゃんといるんだから。黙っている手はないってことだよ」

「そこは黙っていていただきたいのだが……」

「いいから。伝言お願い」


便りをもらうのは嬉しいものだ。

それが遠い地で修行に励んでいる滅多に会えない愛弟子（まなでし）からの手紙となればなおさらだ。

恒星間通信はオペレーターを経由して端末に届く。

アドレイヤ・サリース・ゴオランは、いそいそと弟子の手紙を開き、心を弾ませながら眼を通した。

読んで、そのまま閉じた。

（見なかったことにしよう……）

正しくは見なかったことにしたい。切実に。

しかし、そうもいかないことはわかっている。

冷や汗を浮かべながら熟考した末、まずは自分の師にお伺いを立てることにした。

　ヴィルジニエ僧院の大師、ジルダ・アルヴィン・ドルガンは百歳になるが、日々の修行を欠かさない、矍鑠たる老僧である。

　アドレイヤが、弟子から手紙が参りました——と、印刷した紙片を差し出すと、嬉しそうに言った。

「おお、ストーク・サリザンからですか」

　手紙を受け取って、大師は弟子の異変に気づいた。

「サリース・ゴオラン。どうかなさいましたか？　顔色がよくないようですが……」

　ゴオランは首を振って、師を促した。

「まずは、お読みください」

　怪訝そうな顔をしながら手紙を読んだアルヴィン大師はしばらく無言だった。

　あまりにも沈黙が長いので、アドレイヤがおそるおそる問いかける。

「——大師？」

　アルヴィン大師は、はっとして、大きく息を吐き、ゆっくりと首を振ったのである。

「……失敬。あまりのことに、いささか……意識が遠くなりましてな」

「わたしもです。どのように計らいましょう？」

　アルヴィン大師はさすがだった。

　大きく深呼吸すると、紙片をアドレイヤに返して言ったのである。

「あなたも伝言を頼まれただけなのです。あちらに持っていかねばなりますまい」

「かしこまりました……」

11

惑星トゥルークには三十一の本山がある。

それぞれに特色があるが、その中でもメルボルト僧院は特に音曲に親しむ僧院として知られている。

本山で修行に励む高僧は誰しも音曲をたしなむが、この僧院では月に一度、『大いなる闇への奉納』が行われている。

平たく言えば定例演奏会である。

メルボルト僧院も他の本山の例に洩れず、山中に建っているが、ここは比較的人里との距離も近い。

奉納の日には僧院の門扉を開いて、住民たちにも高僧たちの笛や弦を披露している。

住民にとっても楽しみな行事だった。

だが、ここ数カ月、メルボルト僧院きっての弦の名手にして楽聖とまで言われるアレフ・サーナン・ドルガンが奉納に姿を見せない。

住民たちは皆、そのことを心配していた。

「お身体の具合でもお悪いのでは……」

「そうはお見受けしないんですけどねえ……？」

「先日お見かけしましたけど、少しもお変わりないようでしたよ」

高齢には違いなくても、ドルガンは至って元気で、足腰もしっかりしている。

それなのに奉納に参加しない。

どうしてだろうと住民たちは首を捻っていたし、ドルガンの弦が聴けないのを残念がった。

近所の村一番の長命の老婆は、

「月に一度のサーナン・ドルガンの演奏で、寿命を延ばしてきたっていうのに、これじゃあ、あたしも長くないかもしれないねえ……」

と嘆く有様である。

アドレイヤ・サリース・ゴオランが、メルボルト僧院を訪れたのはそんな折だった。

総本山の高僧が直々のお越しである。

メルボルト僧院も、大師のディオルク・ボリス・ドルガンが直々に出迎えた。

「よくいらっしゃいました。サリース・ゴオラン。アルヴィン大師におかわりはございませんか」

「お久しぶりです。ボリス大師」

一礼して、アドレイヤは硬い表情で申し出た。

「恐れ入りますが、サーナン・ドルガンをこの場にお呼びください」

「――はい。少々、お待ちを」

ボリス大師は怪訝な顔だった。

いささか性急に過ぎるのは自覚しているが、今のアドレイヤにボリス大師を気遣う心の余裕はない。

むしろ、この役目を非常に重荷に感じていたので、サーナン・ドルガンがやってくると、姿勢を正し、思いきって切り出した。

「弟子から手紙が参ったのです」

「連邦大学に留学しているストーク・サリザンからですか?」

「そうです。弟子の手紙には、あの方からの伝言が同封されていました。――読み上げます」

呆気にとられる二人の前で、アドレイヤは紙片を開き、努めて感情を排して文面を読んだ。

「――サーナン・ドルガンに伝言をお願いします。近々こちらで課外活動芸能祭という行事があります。飛び入りで誰でも演奏できるそうなので、ぜひ来てくれませんか。物見遊山に来るつもりで、楽しんでもらえたらと思っています。お供を大勢引き連れてこられるのは困るので、ライジャのご両親に護衛をお願いしておきますね。それではお待ちしています。――以上です」

アルヴィン大師は意識が遠くなったと言ったが、ボリス大師も同様に硬直している。

サーナン・ドルガンも眼を見開いている。

こんな難題を持ち込んでしまったアドレイヤ自身、

居たたまれない思いだった。

　ボリス大師は凍りついた顔の筋肉をやっと動かし、ほとんど喘ぐように声を発した。

「サリース・ゴオラン……」

「はい」

「この……このお手紙の、真意は?」

　ものすごく言いにくそうにアドレイヤは答えた。

「弟子に確認しましたが、文面のままだそうです。あの方は本心から、サーナン・ドルガンに——連邦大学惑星（ティラ・ボーン）までお越しいただいて、課外活動芸能祭という祭りで、ドルガンの弦を披露していただきたいと望んでおられるそうなのです」

「なんと……」

　ボリス大師はまだ衝撃から立ち直れず、この世の終わりを実感しているような様子だった。

　無理もない。

　トゥルークの僧侶の最高位であるドルガンが単身、お忍びで、演奏のために他の惑星を訪問するなど、そんな前例は聞いたことがない。

　サーナン・ドルガンも絶句していたが、この人は早々に腹をくったらしい。

　しゃんと背を伸ばして、アドレイヤに言ったのだ。

「……かしこまりました。伺いましょう」

「ドルガン!」

　ボリス大師の声には、思いとどまってくれという思いが濃厚に表れていたが、サーナン・ドルガンはゆっくりと首を振った。

「大師。これは余（よ）のことではありません。他ならぬ『大いなる闇』のお招きです。よその星であろうと参らねばなりますまい」

「いや、しかし!」

「サリース・ゴオラン。よろしくお願い致します。何分、トゥルークを一歩も出たことがないもので、ご迷惑をお掛けするかと思いますが……」

　アドレイヤは片手を上げて、軽く頭を下げた。

「それはお気になさらず。ロムリスご夫妻には既に了解を得てあります」

「しばし、お待ちください。支度を調えますので、ご一緒に参ります」

サーナン・ドルガンは身軽な人だった。

早くも旅支度に取りかかろうとしている。

一方のボリス大師は諦めきれずに、再度嘆いた。

「前代未聞の珍事ですぞ……」

アドレイヤが慰めるように言う。

「ボリス大師。これも弟子の言葉ですが、あの方と関わっていると、それは珍しくはないそうです」

これが他の宗教の聖職者なら『神よ……』と天を仰ぐところだが、その神の直々のお召しである。

サーナン・ドルガンは再び、きっぱりと言った。

「参らねばなりますまい」

あとがき

ほぼ一年ぶりの新刊となってしまいました。

待っていてくださった方々には心から感謝します。本当にありがとうございます。

自分で書いている話なのに、どうして、こうも手こずるのか、ひたすら謎です。途中、担当さんに、この先はああなってこうなってと、思いつきを話すと、

「お話を聞いていると、今すぐにでもできそうなんですがねえ」

と呆れられるのもいつものことですが、そこから先が長いんですよ……。

今回は演劇シリーズの二作目です。

この巻からでも読めますが、前作『極光城（オーロラ）の魔法使い』の続きとなっています。

そしてまたもや表紙が大笑い……ではなく、素晴らしい！

これはもう、ほとんど表紙詐欺（さぎ）シリーズとも言えますね。

理華（りか）さんも、ご自分で描きながら、『誰これ？』と思わず笑ったそうです。

あとは片隅に蕁麻疹（じんましん）をかきむしるシェラがいれば——と思ったんですが、さすがに表紙でそれをやるわけには——と思いとどまり、お願いするのを自重しました。


在宅仕事をしていると、曜日や祝祭日の感覚に疎（うと）くなります。

コロナ前から『しまった、今日は銀行休みだった』なんてことはよくあったのですが、この間、祝日に気づかずに外出したところ、あまりの人の多さにびっくりしました。

そういえば連休だったと思い出して、去年の同じ時期には、連休でもこれほどの人出は見なかったなあ——と、コロナ前までの活気が戻ってきたように感じました。

つい先日、久しぶりに旅行に行った先でも、温泉のサウナが使えるようになっていて、去年、コロナが少し落ち着いていた時期の旅行では、大浴場には入れたものの、サウナはすべて使用禁止だったので、嬉しかったですね。

賑わいが戻ってきたのは平日も同じ様子らしく、担当さんも、

「昼食難民が復活しています」

と話されていました。完璧オフィス街（大手町）にお勤めなので、お昼時には数少ない飲食店に、人が一気に押し寄せるようです。


次回はようやく球形劇場です。

今度こそ、こんなに間を空けずに出したいと切実に思っております。

読んでくださってありがとうございました。

茅田砂胡

ご感想・ご意見は
下記中央公論新社住所、または
e-mail：cnovels@chuko.co.jpまで
お送りください。

天使(てんし)たちの課外活動(かがいかつどう)10
――レティシアの奇跡(きせき)

2023年6月25日　初版発行

著　者　茅田砂胡(かやたすなこ)

発行者　安部順一

発行所　中央公論新社
〒100-8152　東京都千代田区大手町1-7-1
電話　販売 03-5299-1730　編集 03-5299-1930
URL https://www.chuko.co.jp/

ＤＴＰ　ハンズ・ミケ

印　刷　三晃印刷（本文）
大熊整美堂（カバー・表紙）

製　本　小泉製本

Published by CHUOKORON-SHINSHA, INC.
Printed in Japan　ISBN978-4-12-501469-2 C0293

定価はカバーに表示してあります。落丁本・乱丁本はお手数ですが小社販売部宛お送り下さい。送料小社負担にてお取り替えいたします。

天使たちの課外活動 6
テオの秘密のレストラン

茅田砂胡

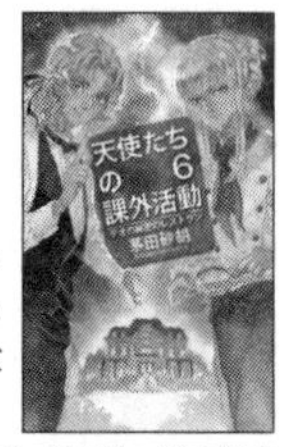

テオドール・ダナー休業のお知らせが突然サイトに掲載された。だが、店の誰もそんなことは知らないのである。リィたちのバイト先に何が起きたのか⁉　待望の書きおろし新作いよいよ登場！

ISBN978-4-12-501378-7 C0293　900円

カバーイラスト　鈴木理華

天使たちの課外活動 7
ガーディ少年と暁の天使（上）

茅田砂胡

その噂はひっそりと上流階級の方々を中心に広がった。超絶においしい料理を提供されるが、詳細を語ることは禁じられているという奇妙なレストランの話である——。

ISBN978-4-12-501430-2 C0293　1000円

カバーイラスト　鈴木理華

天使たちの課外活動 8
ガーディ少年と暁の天使（下）

茅田砂胡

超絶においしい料理が食べられるが、料理長は無愛想。支配人は日替わりでアルバイト⁉　さらに誘拐事件に強奪事件——。期間限定「テオドール・ダナー」はどうなる？

ISBN978-4-12-501432-6 C0293　1000円

カバーイラスト　鈴木理華

天使たちの課外活動 9
極光城の魔法使い

茅田砂胡

学園祭で芝居に出るヴァンツァーとレティシアは大胆にも大女優ジンジャーに演技の相談をする⁉　一方、ジンジャーも球形劇場のこけら落とし公演に関してジャスミンにあるお願いを……。

ISBN978-4-12-501454-8 C0293　1000円

カバーイラスト　鈴木理華

表示価格には税を含みません